# 于少保萃忠传

孙高亮 著

中国文史出版社

**图书在版编目（CIP）数据**

于少保萃忠传 /（明）孙高亮著. -- 北京 : 中国文史出版社, 2019. 12

ISBN 978 - 7 - 5205 - 1873 - 4

Ⅰ. ①于… Ⅱ. ①孙… Ⅲ. ①章回小说 - 中国 - 明代 Ⅳ. ①I242. 4

中国版本图书馆 CIP 数据核字（2019）第 287614 号

---

责任编辑：李军政

---

出版发行：**中国文史出版社**

社　　址：北京市海淀区西八里庄路 69 号院　　邮编：100142

电　　话：010 - 81136606　81136602　81136603（发行部）

传　　真：010 - 81136655

印　　装：廊坊市海涛印刷有限公司

经　　销：全国新华书店

开　　本：787 × 1092　1/16

印　　张：11. 75

字　　数：150 千字

版　　次：2021 年 1 月北京第 1 版

印　　次：2021 年 1 月第 1 次印刷

定　　价：38. 00 元

---

# 出版说明

中国的文学作品具有鲜明的时代特征。明清是小说的繁荣岁月，这两个时期留下了大量的小说作品。

这些作品不仅是研究中国文学的宝库，也是研究中国语言发展的资源。更重要的是，虽然这些只是文学作品，但是其中包含有大量的历史知识，通过这些作品，我们还可以了解明清时代的社会、文化、生活、经济等状况。

虽然明清时期留下了大量的小说作品，但多是刻版印刷而成，且质量参差不齐。鉴于此，我们整理出版《明清小说书系》丛书，一是希望能为中国文学史的研究提供一份助力；二是希望能为中国语言发展的研究提供一些文献；三是希望能为明清时期的历史研究提供一些资料。

以今天的观点来看，毋庸置疑，明清小说中存在很多不合时宜甚至是糟粕的东西，这是我们在此提醒读者需要注意的问题。我们希望读者能够在阅读的过程中，取其精华，弃其糟粕。同时，尽管我们兢兢业业，但不足之处在所难免，不当之处，敬请读者谅解。

# 叙

予族世居吴山下，与忠肃公同里。先府丞公为公姊婿，得公居乡立朝事甚核。居恒窃念公勋着天壤，忠塞宇宙。今勿论海内学士、大夫，瞻斗杓而仰河岳，即田夫野叟、粉黛笄袆、三尺童竖，语公事业，则颜开，谈公冤愤，则色变，百世之后，过公之里，谒公之像，有不且悲且泣，唏嘘感动，想见其人者乎？独公生平事迹繁伙，未有完书。四方吊者，往往遗恨。里友孙怀石君，其先为公石交，传其事，与予所闻悬合，因裒彩演辑，凡七历寒暑，为《旌功萃忠录》。夫萃者，聚也。聚公之精神、德业，种种丛备，与夫国事及他人之交涉于公者，首尾纪之，而后公之事迹无弗完也。盖雅俗兼焉，庶田夫野叟、粉黛笄袆、三尺童竖，一览了了，悲泣感动，行且遍四方矣。

初，孙君之方纂是录也，患疽，病亟，公见梦焉。峨冠盛服，如所塑者，抚孙之背曰："吾与若祖故人，来佑汝。"孙疽遂愈。岂公之精爽，预知孙君之意勤，而假灵以显其事耶？四方噩梦一征之公若左券，不偶然也。孙君附公而名著，其子侄辈为诸生，又藉公之灵而翩翩艺文。孙君之获报，宁有既乎！予嘉而叙诸简首，为翼忠者劝。

# 目　录

第一回　于少保龆年出类
兰古春风鉴超群 / 1

第二回　张代巡特提进泮
范方伯交馈资家 / 5

第三回　虎丘山良朋偶会
星宿阁妖魅惊逃 / 10

第四回　同仁里夫妻合卺
山东旅将相奇逢 / 15

第五回　于廷益大比登科
高孟升坚辞会试 / 21

第六回　莅广东备陈瑶疏
按江西鞫明奸恶 / 24

第 七 回　于侍御保友赴京
高征君辞爵归省 / 29

第 八 回　从御驾议收汉庶
至单桥谏免赵王 / 32

第 九 回　叱庶人骤升三品
旌义叟全活万民 / 36

第 十 回　于院示捐资劝谕
众民诵赈济歌谣 / 39

第十一回　戮淫僧救全少妇
矜老媪规谏贤王 / 44

第十二回　化盗辨冤真盛德
判疑拔吏见无私 / 48

第十三回　王振恃权诛谏职
太后盛怒暂徇情 / 52

第十四回　权珰蒙蔽劝亲征
王师败绩于土木 / 57

第十五回　正统蒙尘北地
于谦扶掖朝纲 / 61

第十六回　景泰帝勉从登极
于尚书用计破兵 / 67

第 十 七 回　徐理首倡南迁
于谦力争北守 / 74

第 十 八 回　旧窗友赴京干谒
西和尚惊死教场 / 78

第 十 九 回　也先假和索金帛
高盘剖臂纳纶音 / 83

第 二 十 回　于公相形置地铳
杨俊诱捉喜宁回 / 89

第二十一回　外国结连归和好
朝廷允奏遣臣僚 / 94

第二十二回　李侍郎出使沙漠
罗少卿奉命遐荒 / 97

第二十三回　遣使迎归上皇
安插永杜边衅 / 101

第二十四回　于公荐贤置州县
徐理改讳治张湫 / 104

第二十五回　神僧指水怪形藏
于公存海涵度量 / 108

第二十六回　江渊为亲访智客
景泰立子建东宫 / 112

第二十七回　两忠臣谏诤遭谴
女妖精遇正现形 / 117

第二十八回　神卜幸邀元帅宠
忠臣得赐御医看 / 123

第二十九回　良医诊出病源
御手亲烧竹沥 / 128

第 三 十 回　启南宫英宗复位
掩北斗学士登台 / 133

第三十一回　逢相意诳上奏疏
吐丹忠亲写供状 / 136

第三十二回　西市上屈杀忠臣
承天门忠魂觐诉 / 139

第三十三回　天顺帝评功悼枉
徐武功被勘作法 / 144

第三十四回　有贞云阳谪戍
石亨谋逆亡身 / 149

第三十五回　童先开瞽得漏网
曹钦造反乱京城 / 154

第三十六回　王师骈集擒奸党
有贞无法丧林泉 / 159

第三十七回　孝子初上陈功疏
忠臣加祭赠褒封 / 163

第三十八回　张庠生修神公像
姚盐台建忠节坊 / 168

第三十九回　卢进士陈侑享表
傅巡抚上改谥疏 / 171

第 四 十 回　列圣隆恩加谥荫
诸贤屡疏表旌功 / 175

## 第一回

# 于少保龆年出类
# 兰古春风鉴超群

少保公姓于，名谦，字廷益，号节庵，浙江钱塘人也。先世皆为显，公之祖名文大，官工部主事，尝念宋朝丞相文天祥死极忠烈，侍奉其遗像甚虔。

公之父名彦昭，字英复，乃笃厚君子也。累德积行，好善喜施。年近四旬，每以无子为忧。忽一夜，梦一神人红袍金幞，立于彦昭前曰："吾感汝祖父侍奉之诚，顷当为汝之嗣，汝宜勿泄。"彦昭辞谢不敢当。神用手一指，觉来，忙对妻刘氏说知。刘答曰："我适才亦得此梦。"自后刘氏有孕。临产之际，正值大雨如注，雷电交加。偶然三司参谒巡按，一时骤雨，手下人役不曾带得蔽雨之物，因而暂歇彦昭门首，候雨住而行。当时于公产下，少刻晴朗，日丽中天。此是洪武戊寅年四月二十七日午时也。三司见雨霁遂行。

于公生下旬月之间，果然容貌魁伟，呱呱之声洪朗异常。杭族有弥月之庆，邻里亲友俱来贺喜。彦昭乃抱公出来，与众亲友观看。有邻老见之，叹羡曰："此子真英物也！惜吾年老，不能见其显达，为可叹耳！"自后彦昭极其珍爱。抚养至四五岁时，遂取名曰谦。因梦中谢神不敢当之意，故名曰谦。一日清明节届，彦昭同弟彦明，拉族人领公同往祖茔祭扫。因过凤凰台，其叔携公之手，同上台观看。叔曰：“今朝同上凤凰台。”公即应声答曰：“他年独占麒麟阁。”其叔并诸族人闻言，悉皆惊叹曰：“此吾家之神童也！”后于公七岁，又同叔父等祀祖回家，路从癸辛街过。见牌坊上写着“癸辛街”三字。其叔彦明对公曰：“‘癸辛街’三字，上二字合着甲子支干；下一字又合着街道地名。吾一路思量，不能有对，汝若对得好时，我做一件小圆领与你。”于公笑而答曰：“此对何难？癸辛街可对子午谷。”其叔曰：“此真切对。但子午谷偶忘出处。”公即答曰：“《三国志》内，蜀将魏延对诸葛亮道：‘延愿得精兵五千，由陈仓道而东，当子午谷而西，不消十日，可到长安。’《通鉴》上亦有之。”叔与众闻说大惊，谓兄曰：“此子必昌吾家，宜善育之。”彦昭与弟并族人领公回家，明日彦明果制一小红圆领与公，乃曰：“他日服此以耀吾门。”公答曰：“敢不佩服。”惜乎彦明早亡，不及见公之功业，亦可慨也。

父彦昭一日同公立在门首闲玩。少刻，见一老者挑担新白鲞来卖。彦昭见之，唤此老问价。因价还得少，那卖鲞老者口中即唠叨曰：“你如何买得成新白鲞。”彦昭见说，面色通红，未及回言。忽然公从父肋下立将出来说：“我偏要叫你这老乌龟。”卖鲞老者见公是个孩子，便能骂人成对，心中惊异，乃大声骂曰：“小猴狲开口伤人。”公又应曰：“老畜生闭嘴饶你。”旁人见答，通笑起来，皆称奇异。卖鲞老者见公有此口才，心中惊服。

彦昭送公上学，公在学读书。一日先生出外访友，不在馆中。同窗学生在与公跳跃，共作旋蒙顽戏。忽然，先生走到，一时回避不及。先生看见，俱要责罚。于公忙上前禀曰：“先生不必加责，学生辈功课皆完，一时乘闲戏耍。如今任凭先生背书写字对课，若有一毫差错之时，任从先生责罚。”先生见说有理，即曰：“吾方才见汝旋蒙蹿跳，甚是顽劣。吾即将此为题，汝若对得好时，方免责罚；如其不然，必当重责。”公曰：“请先生出题。”先生曰：“手攀屋柱团团转。”公即对曰：“脚踏楼梯步步高。”先生又出一对曰：“三跳跳落地。”公又答曰：“一飞飞上天。”先生见对大喜，免责，欲责诸生。公复禀曰：“学生蒙师宽恕，亦乞一视同仁。”先生见说，击几叹曰：“此子长大，非凡品也！”翌日，其父彦昭来拜先生，先生极口称公。因与父谈久，公嶷然端坐读书。先生见之，曰：“子坐父立，礼乎？”公闻言，即出位而对曰：“嫂溺叔援，权也！”先生惊喜，谓其父曰：“令郎真英才也！”公父答曰：“不敢，皆仗吾师训诲之功。”言毕，作别而回。延过数月，先生解馆。于公忽然病目，其母与公分开顶心，挽一丫髻，取其清目之意。公乃闲步，见前街一伙人丛聚闹嚷。公即往众人中挨身进去，看见一僧与人相面。众皆称曰：“果神相也。”于公闻言，乃慢慢挨到此僧面前。此僧一见公容貌，乃大喜异。遂用手扪其丫髻而戏之曰：“蛇头且喜生龙角。”公即昂面答曰：“狗口焉能出象牙。”众人见回此言，尽皆大笑。忽然天暗，渐渐雨下，众人一齐走散。公亦急急回家，不意眼痛路滑，蹉跌在地。众人见了，一齐哄笑起来，公虽跌倒在地，颜色不变，因见众人笑他，即坐地吟诗一首以诋之，云：

雨落忽绸缪，天街滑似油。

麒麟跌在地，笑杀一群牛。

众人见于公口中念出诗来，个个惊异称羡。公亦回家。

明日晨起梳头，谓其母曰：“今日眼目甚痛，乞母亲再挽一髻，导散顶心之火气。”母遂依公，乃挽三髻于上。早饭罢不多时，公又见一丛人围绕昨日那僧，仍在此处相面。公即往人丛中挨身进去。有人认得于公，皆让他进围。公遂立在此僧当面，那僧一见，喜动颜色，即扪其首而戏之曰：“三丫如鼓架。”公即答曰：“一秃似槽槌。”众人见说，一齐大笑。那僧见笑，即对众曰：“诸君莫笑，此子骨格非凡，人莫能及。他日乃救时宰相也。”言未毕，只见旁边立着一人，纶巾羽服，丰姿飘逸，气宇轩昂，乃大声言曰："和尚，汝之相术甚佳，惜未尽其奥理。"那僧见其人之容貌、语言，即忙施礼。众人见僧不相面，与那人会礼，皆散去。公亦回家。此僧就收拾相面行装，即请那道者同行，行不百十余步，早见一处雅致酒肆，僧人坚请道者进内而坐。不知道者何人，观后传可晓也。

## 第二回

# 张代巡特提进泮
# 范方伯交馈资家

当日僧人同道者共至肆中坐下。僧人乃叩问道者曰："敢问仙翁高姓大名，贵乡何处？"道者答曰："吾乃四明人氏，姓袁名忠彻。柳庄吾之父也。"

僧人见说大惊，忙拜于地曰："原来是太常翁，闻名久矣！今幸一见，足慰生平之愿。吾闻老师在朝，为何至此？"袁忠彻笑而答曰："汝不知吾父子之事。吾前蒙皇上圣恩，升授为太常卿之职，不愿在朝为官，甘乞遨游江湖，以阐明吾父子之术。复蒙圣主恩，着吾驰驿还乡，随处游玩。今吾发放人役，欲玩西湖之景，流连月余，因到城中，偶然遇汝，亦是有缘。"就问此僧法名，出家何处。僧人答曰："小僧法名兰如，贱字古春。俗居富阳，出家径山寺。自幼慕老师乔梓麻衣之术，权以度日。何幸相逢，真天假其缘也。"

当日古春就在寺中拜袁公为师。坐饮之间，古春细观袁公，果然丰姿潇洒，谈论风生。二人坐饮多时，古春问曰："适间所见孩童，果有贵相。未审弟子有何失鉴之处，乞吾师指示。"忠彻笑曰："汝相不差，此儿真济世宰辅之器，但惜乎不得善终。"古春忙叩曰："吾师此相见于何处？"袁公曰："此子两目炯炯，倏忽有时朝上，名曰望刀眼，日后为国家必然犯刑，亦其数也。”因叹曰：“忠臣烈士，必不得令终。”又曰：“此子之貌，确肖宋朝文丞相之仪容。”古春见说，以首肯之者数次。复叩问袁公相中秘要，遂邀袁公到寓，再四恳求。袁公见其真诚，遂将心法一一传与古春。古春后来相术甚高，名闻海内，至今有《袁柳庄父子相书》《兰古春歌诀》行世。

于公自从相面之后，心觉欣悦，眼目亦好，明春仍就学读书。瞬息之间，不觉又过一年，乃是永乐七年。正月初一元旦，家家贺年，其父乃命公往亲友家拜节。公乃穿其叔所赠红圆领，乘一匹骏马，着一仆随行。公正骑马往新宫桥小路冲出，不期巡按从新宫桥大街而来，公一时回避不及。代巡见是个孩子，唤手下人役勿令惊吓，又见公容貌端庄，举止自若，并无畏惧之态，即问曰：“小子何敢冲吾节导？”于公即答曰：“良骥欲上进而难收，正望前程耳。”代巡见其出语不凡，心甚奇异，乃问曰：“观汝此言，亦是读书之子。”公答曰：“颇读书几行。”巡按曰：“汝既读书，吾出一对与汝，若对得好时，重赏，如其不能，加罚。”于公即请出题。巡按因见公穿着红色衣服，遂曰：“红衣儿骑马过桥。”公即应声答曰：“赤帝子斩蛇当道。”

巡按乃大惊异，即问从役是谁家之子。左右有识者禀曰：“此是太平里于主事之孙，于彦昭之子。”巡按奇赏者久之，即命人到具，取银拾两，作为读书之资，仍送提学考试。至岁考时，遂补弟子员。入泮时，当永乐七年，公年方十岁也。

于公蒙按院送考进学，自后只在山中读书。三月间清明节至，公欲回家祭祖，取路投昭庆寺来。闻得三司在寺内饮酒，公乃徐步进寺观看。有书吏人等认得于公的，皆沸沸言说：“前月巡按送提学考选进学的小秀才，在此观看。”三司闻得此言，乃问众吏役。吏役人皆禀说是。三司曰：“快请来见。”众吏役等一齐来请于公。公昂然过来，相见三司。三司见公俱出位，即叫长揖，不必行礼，于公礼毕。三司见公仪表举止，尽皆敬重。三司问曰："小生员就是张代巡送学考取的么?"公曰："然。"其时有范方伯就道："向闻生员才思敏捷，予有一联口对，敢烦一对何如?"于公即请示题。范方伯乃指佛坐言曰："三尊大佛，坐狮坐象坐莲花。"公即对曰："一介书生，攀凤攀龙攀桂子。"三司闻对，皆大惊喜，啧啧者数声，即令吏役携酒一席，并折席银三两，送公回家，公乃辞谢出寺。寺门外有许多军兵，一见公得赏酒席、礼仪，一齐围住问曰："小先生作何文何对，有此厚席礼物?"于公曰："三司出一对曰：'三尊大佛，坐狮坐象坐莲花。'吾即对曰：'一伙小军，偷狗偷鸡偷苋菜。'"众人闻言，知其戏侮，皆大笑，不敢复问。

吏人送公回家。明日即将席仪买办物品，祭奠祖宗。祭毕，公竟到馆中读书，又不觉八个月矣。时当岁毕，公乃收拾书籍，回见父母。省拜毕，抬起头来，看见父面有愠色。公即跪下，复问其故。其母刘氏，以岁迫家窘之事言之。公即起慰曰："父母且请宽心，儿自有措置。"乃别父母，迳行到布政司来。正值范公坐堂，公即趋见范布政。布政一见公谒，心中甚喜，忙问曰："生员为何事到此?"公即禀曰："生员向蒙老大人珍惠，数月在远处攻书，未及叩谢。近因岁逼回家省亲，生员见父母有忧色，知为家寒岁迫，百物无措。不瞒老大人说，虽薪水亦不能给。生员心下皇皇，敢来叩谒大人。闻大人今年皇历颇多，欲求数块货卖，聊充薪水，供膳二亲，乞老大人怜而赐之。"范公闻言，即令书吏取绵纸皇历数十块送公。公正欲辞谢而出，范公又曰："春间昭庆寺中所对，足见贤契奇才。今日余见历，因思一联请教。"公即请示题。范公即将皇历为题目："二月春分，八月秋分，昼夜不长不短。"于公即对曰："三年一闰，五年再闰，阴阳无错无差。"范公见对，极加称赏，即命库吏取银十二两，送公为薪米之费。公乃辞谢而出，归家奉养二亲。

明岁，仍往湖州读书。荏苒间，不觉又过三载矣。一日，新提学到任。人传言，宗师颇立崖岸，甚是严肃。于公闻知，急急赶回，适值提学落学，公忙整衣巾进内参见。礼毕，见诸友排立两旁，默无一语，若有所思。于公心中默忖曰：“人言宗师颇作严峻，今日观之，信不诬也。”提学看见于公，大声言曰：“此生员何独来迟?”于公上前禀曰：“生员处馆湖州，故此来迟，乞宗师情谅。”提学曰：“此事吾已不较。适才吾进学宫，见泮池中一小蛇浮游水面，弯曲之形，有类带草之字，因出一联与诸生对。出之已久，尚未有人对。汝能对得，即为优等。”于公曰：“请宗师示题。”提学曰：“吾所出者：蛇游水面，斜弯一似草之形。”公不待思索，即对曰：“雁步沙堤，倒写两行真个字。”提学与众友闻对，尽皆钦服。提学即令生员皆要背诵太祖卧碑，着几个生员背诵，又复掣签讲书。头一签，掣着孔宗道讲《中庸》“天命之谓性”三节。第二签，刚掣于公。公见掣着，即上前禀曰：“蒙宗师命诸生讲书，不过窗下记熟套几章，虚应故事。适才蒙宗师已命诸生们背诵太祖卧碑，而我朝太祖之圣训《大诰》诸篇，正当令诸生们捧诵讲习。他日出仕，动循圣典。望宗师少假片时，待生员宣讲了圣诰，以新诸生耳目。”禀毕，公即将前太祖《大诰》首篇，朗朗背讲，大阐洪猷，引诸一切圣典，声若洪钟，谈如悬河，迭迭不倦，听者耸然。提学初闻讲《大诰》，间亦起身立听。不意于公阐发奥旨，讲论不息，提学自己身体觉倦，乃命止之。公曰：“此圣诰不可中辍。”言罢又讲，精神倍增，言言不谒。提学见之，词色甚温，谓公曰：“子青年若是英才也，宜自慎重。”遂给纸十刀、笔数帖与公，深加爱敬。诸友亦皆钦羡而退。

挨过年余，时永乐十二年圣寿节。国初，习仪拜牌，不限定礼生赞礼，亦不拘增广廪膳，但学中选声音洪亮者喝礼，时学中遂推于公、孙佑二人赞礼。正拜舞之际，忽然一宪官失蹉倾跌在半边，于公一见，即大声喝某官失仪。斯言一出，众官相顾惊骇。此官回归，不出理事，恐抚按有说。

当日提学亦在，见公喝出，心甚不安，即令人唤公到校，曰："汝才思虽宏，自宜慎缄。为何把一宪官迅口胡言，凭自己意喝将出来，于学校体面何如?"于公见说，即忙答曰："生员一见，动触于中。自古云：'天颜万里，敬如咫尺。'为臣子事君朝拜，当战战兢兢，如临如在；若其不敬，徒有设拜之仪矣！今承宗师教戒，敢不惟命是从。生员不与为证便了。"提学素奇公才，又见公皆是满腔事君忠义之言，遂以好言慰之而出。

于公此后，自知豪气太过，恐人暗挤，遂辞告父母，往姑苏游学，带一仆于康来到苏州虎丘山。盘桓数日，行过虎丘数十里之程，忽见小桥曲径、树木幽静之处，闻得朗朗读书之声。公遂与仆寻径而进，果然好座山庄，清幽书馆。于公看毕，乃曰："此处幽雅，正是读书之所。"咳嗽数声，则见衡门开响，一小童从内出来，问道："相公何来?"于公曰："从杭州而来。"小童忙道："我家相公今早对唐相公说：'昨梦甚佳，今日必有远客到临。'如今果然。"于公乃谓小童曰："烦汝通报一声。"小童领诺，进不多时，少刻走出两人，唐巾素服，儒雅超群。不知何人，观下传可知也。

## 第三回

# 虎丘山良朋偶会
# 星宿阁妖魅惊逃

于公见内边走出二人，甚是儒雅，忙整衣冠相见。二人接进馆中，各施礼毕，三人分宾而坐。于公曰：“小弟因游虎丘，不意往贵馆经过，闻得书声清朗，必有良友读书，遂尔轻造。多罪！多罪!”二人答曰：“蒙兄远临垂顾，实乃三生有幸。”于公即问曰：“二兄尊姓大名?”右首者答曰：“小弟姓徐，名珵，字元玉。这位是吾表兄，姓段，名民，字济世。因承外祖之姓，姓唐，故乡人称为唐济世。皆此处人氏。”于公闻徐理之言，即问徐曰：“小弟尝闻姑苏称徐奇童者，必是兄也。”徐珵曰：“不敢。”唐段民即答曰：“此正是表弟。”唐、徐二人问曰：“敢问尊兄高姓大名？何处人也?”公答曰：“小弟姓于，名谦，杭州人氏。”唐、徐闻言，忙起问曰：“莫非遇代巡对‘赤帝子斩蛇当道’之于神童乎?”公曰：“不敢。”唐、徐称曰：“闻名久矣！何幸有缘，得兄远顾，实乃三生有幸。”二人复问曰：“尊兄远临，必有何事?”于公即将前事说知。二人曰：“足见兄忠心触发，豪气过人。若如此，兄居鄙馆月余何如?”于公曰：“贵馆清幽，二兄高品，正是读书有益。今得请教，何幸如之。”遂唤于康，行装内取银伍两，送与徐、唐，曰：“微物权为薪水之费。”二人再三固辞不受。于公曰：“若不肯受，是见却弟也。”二人方始受之。于公遂与徐、段二友或讲论经书，或商榷古典，或作文章，皆有高出人意表之才，彼此深为有益。在馆三月，将近年终，于公欲回家来。二人固留不住，只得饯别。于公曰：“在此相扰多时，何以克当。”又唤于康取银贰两，送与徐、段二人。二人立誓不受，曰：“蒙兄雅教，感惠多矣，安敢受此。如兄不弃，明春专候兄来教益，足仰盛情。”遂相送数程，各个相别而归。

徐、段二公送于公回至中途，忽见一道流，丰神秀丽，骨格清奇，飘飘然若当地之神仙。道流对二人曰：“二公送一友去，又有一友来陪伴也。”二人闻言，顾羽流曰：“仙长何来？有何见教？”羽流曰：“二公肯留小道时，当造府禀知。”二人允诺，即与同行。羽流心悦，即同到馆。施礼毕，徐、唐二人问曰：“仙长何处人也？高姓尊号？”羽流答曰：“小道终南山人也，姓乌，名元运，号玄虚子。”徐、段二公见乌道丰姿磊落，谈论多玄，遂留而馆谷之，不题。

且谈于公自回家中，过了新正，时永乐十四年也，意欲复往姑苏，时有朋友高得旸、王大用、王尚质、李潜、刘士亨等，来拉公于慧安寺看书，遂不复游苏州。当日众友初集，各出分金，治酒于西湖舟中。酒至中巡，众友齐上湖堤，少步片时。公至桑林之间，因见人剪伐桑枝，于公有感于怀，遂吟诗一首曰：

一年两度伐枝柯，万木丛中苦最多。

为国为民皆是汝，却教桃李听笙歌。

公吟诗毕，复同众入席饮酒。是日畅饮，大醉而归。来到寺中门首，有一太保神塑像于门首。公乘醉中见之，乃大喝曰：“如何见我来不跪接？可恶！可恶！明日罚你到岭南充军。”于公一头说，一边走进书房中去安歇，不题。

且说这太保神颇有灵异，因于公醉中要罚之言，其夜本寺住持西池和尚正睡中，梦见太保来见，曰：“今晚宰相要罚我岭南为军，恐不能在此久居，但未有发牒耳。若有牒文，即当去也。惟吾师面求，或者可免。”西池和尚就问宰相是谁，太保用手指着于公书房。西池觉来，乃是一梦，曰：“奇哉此梦！我想起来此必于相公也。观此一梦，于公日后必然大贵。待他起来问之便知。”遂到于公书房门首，问曰：“于相公起来否？可使人送茶来。”于公在内应曰：“茶到甚好。”西池和尚即令人送茶汤进房。待于公梳洗毕，西池过房相见，曰：“夜来相公好醉。”公曰：“昨晚诚醉，不曾有甚触犯于人否？”西池曰：“夜间相公醉中，曾发落鄙寺监门太保岭南摆站？小僧夜间得此一梦，望乞相公恕饶。”于公见说，大笑曰：“果有此事。吾常见彼立在当门，故此酒后戏言，不料形于梦寐。”遂乃同出寺前，指太保曰：“吾之戏言，不足为虑。”是夜，西池又梦太保来谢道：“蒙吾师讲过，宰相已饶我矣。奈我常直立门首，宰相屡憎吾之不恭。今后吾师可塑一只脚屈膝者，如迎接之状，庶可免也。”西池见梦，甚奇其事。翌日，即令人另塑一屈膝之像守之，至今神像犹存本寺。自后西池和尚日加恭敬于公，凡百事皆措置，以待公不时之需。公亦深感其惠，谓之曰：“若果身荣，决不有负。”

一日，公会文于吴山之三茅观中。众友因谈起：“闻得宝极观星宿阁屡言有鬼，人不敢独自歇宿。我等素知于廷益最有胆量，若能独宿一夜，我众友当出一两银子，设席湖中，何如？”于公见说，欣然允从。当晚，众友一齐送公到观中阁上歇宿。反锁了阁门，众友各自回去，惟于公独宿阁上。坐之良久，不见动静。待及四鼓，公正欲睡，忽听远远一簇人，从空中而来，将入阁中。于公瞭见，大喝一声曰：“是何妖怪，敢来至此！”鬼怪闻喝，一时惊散。只听得空中有言：“宰相在此，险些被他识破。”少刻寂然无闻。公乃推窗看时，星月明朗，见窗口失落一物，公拾而视之，乃一银杯也。遂袖而藏之，以为执照，心中思忖曰：“未审是何妖怪，乃能移人之物如此。”遂安然睡去。

少刻天明，众友一齐在阁下喊叫曰：“于廷益，于廷益！”公听得，佯为不应。诸友彼此埋怨曰：“甚么要紧，赚他在此，倘或被鬼迷死，不是耍处。”有孙菊庄曰：“于廷益平素有胆量，决然不妨，料他故意不应。”众人开了阁门，一齐拥上。只见于公大笑曰：“快办东道落湖，还有好处。”众人见公，大喜，问曰：“廷益昨夜有何闻见？”公即将昨夜所见之怪说了一遍，即于袖中取出银杯，对众曰：“此乃天赐之物。”众友忙问：“此物何由得之？”公曰：“昨夜鬼怪被吾喝散失落，因而拾得。”众人见说，齐曰：“此怪甚异，乃能善移人之物，真亦奇也。”众乃一齐拉公下阁，同出观门。王彬曰：“吾等先到众安桥下杨家饭店酌些早饭，然后买物置酒湖中。”众人一齐皆到杨家坐下，只闻得人言：“昨夜何颜色家因女儿患病，酌献五圣，忽然台子上不见一个银杯，其实怪异。”众人闻言，乃曰：“此必是何家之物也。吾等饭毕，即到何家付还此物，然后落湖。”众人饭罢，一迳投何家门首访问，邻居皆言果有此事。早有人报知何家，只见何老出来相见：“请问列位先生何来？”于公应曰：“闻知令爱有贵恙，学生有一方，特来医治。”何老对曰：“小女果有贱恙，未审有何妙方，可能痊愈？且请进内。”于公等一齐进内坐下。于公曰：“昨夜府上曾失甚物否？”何老答曰：“老拙因小女有恙将及两月，诸药无效，昨晚请祝献师酌献五圣尊神。正献酒之际，忽然台上灯灭，不见一个银杯。想是老拙不虔之故，以致神怒，所以有此。”于公闻说微笑，即于袖中取出银怀，递与何老，曰：“此杯是宅上之物否？”何老一见，连声曰：“正是，正是！先生从何得之？”众人以昨夜之事谈了一遍。何老大喜。遂款留众人待了午饭，又邀进后厅坐下。

少刻，大开筵席，厚待诸人。于公曰：“今日深扰，无以为报，吾知令爱必为鬼怪所迷，吾有一方，可能医治。”何老曰：“先生有何妙方，乞即示教。小女痊安，自当重谢。”于公曰：“可写贱名，贴于令爱房门之上，自然安妥有效也。”何老见说，即取红纸一张，递与于公。于公即题笔在手，大书“于谦在此”四字，递与何老，曰：“可将此贴于房门之上，自然痊愈也。”何老再三致谢，又敬数杯。众人辞谢而出。

何老即将于公所写之字贴于此女房门之上。其女果然安妥，并无颠狂之态。其母早间来问女之身体夜来何如？女答曰：“儿夜间见两人到房门边，欲进欲不进。只见那右边一人说道：‘即是昨夜神官，被他识破我们之事，今日在此镇守，我们从此去也。’说了数句，倏然不见。”其母闻言，心中甚悦，自后此女渐渐身安，一家安乐，深感于公之德。其母见于公有此神异，忙出堂前，对何老议事，不知所议何事。

## 第四回

# 同仁里夫妻合卺
# 山东旅将相奇逢

何家老妪因见于公留名镇压邪怪，救好其女，心中暗想："此人有此奇异，必定非常。"即到堂前对何老曰："前日所见于秀才之容貌，决非凡品。且又蒙他救女儿之命，足见他英气所感，邪怪亦且畏他，日后必然显达。奈吾女已许王家，难以再议。我思得董家外孙女，端庄有福，何不说与他为妻。况我女婿董镛又是进士出身，家资颇厚，止生此女。若去说亲，无不谐矣！"何老闻之，心中甚喜，曰："我前者设席待他，已有心问他曾有亲否，彼言尚未，或者是姻缘，也未可知。若果应成，不枉了我夫妻识人。明日正是吉辰，吾就去议。"

何老果然明日早晨到于公家来，适值于公众友请去完前日湖中之席，不在家中。其父彦昭忙出迎进。礼毕，何老深谢曰："前者多蒙令郎驱散妖邪，小女身康，感情不浅。今日老拙一来叩谢，二来特送一佳偶与郎君，未知肯容纳否？"彦昭答曰："只恐家寒难以仰攀。"何老曰："两姓皆是名门，不必太谦。此女非别人，就是老拙外孙女，故敢斗胆作伐。但小婿董镛为劾当道被黜，为山东教官，奈无子嗣，惟有此女。老拙见令郎人才英伟，异日必然大发。且小婿亦素仰重令郎，莫嫌卑陋，勿却幸荷。"彦昭曰："只恐家寒，一时乏聘，难以相求。"何老曰："不必过谦，但求一钗为聘。小婿些少家资，自行嫁赠，万勿见却。”公父见何老来意甚诚，实时允诺。何老辞归，与妪说知，心中甚喜。于公父亲选日行聘，择日成亲。果然董氏夫人嫁到于门，孝敬公姑，亲主中馈。宗族称其贤，乡里羡其德。

于公岳丈董镛因到山东作教，将及半年，朝廷命下，升为永丰县知县。未及到任，不期患病身故。董公虽有一子，尚在襁褓，无人搬丧回葬。何老与诸亲皆来浼于公一行。于公乃带二仆于康、于淳，拜辞父母诸亲，多带盘费，往北而行。经过苏州，遂到徐理旧馆相探，致谢徐、段二友。徐、段见公临甚喜，曰：“往年多蒙指教，不觉间又阔两年矣。今日何幸到来，甚慰鄙怀。”于公把从别后诸友相留，毕姻后因岳丈病故，特往山东搬丧，便道经过，特来拜访之意，一一详叙。徐、段二人曰：“不知兄毕姻，又丧了令岳，种种缺礼，负罪良多。”欲留公数日，公力辞要行。徐、段不敢强留，俱送赆赙之仪而别。

徐、段二人送公一程，回到馆中，此时乌全真亦回到坐下。徐、段二人问曰：“仙长连日何往?”乌元运曰：“小道连日在嘉兴游戏。”就问曰：“今日二兄出外何干?”徐理曰：“就是日常所言于廷益兄，为搬岳丈之丧，以此经过，特会一面，以叙间阔。因今别去，特送一程而回。”乌元运见说，连顿足曰：“吾正欲见他，只是无缘难会了。罢了！罢了！吾之劫必劳二公矣。”

明日晚间，乌道对二人曰：“今夜吾要与二兄同榻而卧，某当居中。”又嘱曰：“夜间若有大雷雨震动，二兄谅不畏惧。切不可起身，事亦无害。”二人见说，只得依允。三人共榻。徐、段二人心下疑惑，不知为何。时值三更，忽然雷雨大作，闪电交加，霹雳之声，若将打下而又止者数次。忽听得空中道：“快下手，快下手!”又听得人道：“下手不得，恐惊动内外贵人，反取罪戾。”沸沸嚷嚷多时，又听得说：“罢了，罢了。又被他闪过一难矣。”

少刻风清雨息，将至天明，乌道起来相谢徐、段二人。二人问曰：“夜间这景态，不知为何?”乌全真曰：“昨夜之事，此乃天真雷火之劫也。某因参识元机，颇能吐气纳元，修真养性，炼阴济阳，但未能升举为恨。今幸延过三甲子，某貌如壮年，亦可谓造到全真之境。但遇一甲，必有天降雷火，震霹交加，打窃天地元炁之人。此时必须明心见性，预算甲子年、月、日、时，使真火寂静，则天火难加矣。昨夜即是某又逢一甲之日，仗二兄贵人，正是少年元神足备，不为惊骇所动，因此暂借庇过此劫。”即于袖中取出一卷秘书，度于二人曰：“某在此相扰年余，无以为报。此书非但能擎云降雨，亦可以解难脱厄，聊为共处相酬之意。”先顾徐珵曰：“公大贵，必有大难，是术可解。唐兄真诚无虑。”仍再三叮嘱，此书法不可轻泄，轻泄者必受天谴。复谓珵曰：“他年金齿相逢也。”言毕，乌道即拂衣而去，飘然长往，不知所之。

徐、唐二人自得了秘书，在馆中演习，得其元妙。唐段民即于是年得中乡科，明年登第。徐珵直至宣德丙午年中乡试，次年亦中会魁。

不谈二公登第后事，且谈于公自别徐、段二人，离了苏州，来到山东青州地面。忽闻得人人乱传道，近有妖妇唐赛儿作乱，占夺了青州并莱阳等县。过往客商不得前进，恐防有害。于公闻言不敢前进，即唤于康寻一宽大客店安身一夜。明早梳洗饭罢时，正欲出门探听唐赛儿事情，只见门外走进两位大汉。于公见二人相貌堂堂，威风凛凛。先行者方面巨耳，须长至腹；后随者虎头环眼，狼背熊腰，体貌甚巍。于公见了，即与施礼，就拉同坐，问曰：“足下何来，高姓大名尊表?”其须长者答曰：“某渭南人也，姓石，名亨，字大通。此乃吾之侄也，名彪，字伯虎。世家军籍。因伯父石岩在此石棚寨为把总，与侄同来探望，欲图进身立业。到此店中吃些酒饭，然后再去，不期有缘相会兄长。”于公遂唤酒家排酒，三人同桌而坐。石亨亦问曰：“兄长尊姓大名？何处人氏？到此贵干?”于公答曰：

“小弟姓于名谦，字廷益，杭州人也。因岳父在此作教官，不期病故，特来搬丧。偶值唐赛儿作乱，不能前进。正欲思一计以除一方之害，幸遇二兄进店，莫非天与相会乎？”三人坐间谈论些文章武略之事。忽见一僧进店而来，坐在下首桌上，口中急唤酒家快将酒饭来吃。口内说着，一边又看着于、石三人，乃大声曰：“好奇哉，好奇哉！为何店中有此三位将相，在此相叙？”于、石闻言，一齐问曰：“老师莫非能风鉴乎？”僧答曰：“然也。”于、石即邀老僧同席而坐。于公认得老僧，这老僧亦认得于公，各个拍掌大笑。于公曰：“老师曾认得学生幼年在杭州布政司前戏言相识否？”老僧曰：“是也。记相公总角时相戏，所许日后乃台辅之器，斯言可记得否？”于公曰：“不敢，恐老师过奖之言。”因顾二石曰：“此老师相法果神，非他人所及。小弟幼年相会老师，不觉又过十年矣。老师真得禅养之妙，尊彦不老。”二石遂问老师法名尊号。老僧答曰：“山僧法名兰如，号古春。”二石闻言忙下礼曰：“闻名久矣！今幸有缘，敢烦老师别鉴，指示前程。”兰如笑而答曰：“适间睹三位尊容，使山僧甚是惊异，所以言为何有三位将相叙于此店。二君日后公侯之相。此位相公，日后宰辅之相也。”古春仍叹曰：“当今非乱世，何乃出此将相？日后俱成救乱之人。”二石再三求古春细鉴一鉴。古春遂问二石高姓大名。于公一一道其姓字。古春曰：“三君不信吾言，待山僧写出他年贵显，留此字为左券，以神吾术。”古春遂写诗一首。先写与石亨，诗云：

眉如剑楞眼如虹，凛凛身躯体貌丰。
耳大相方汉昭烈，须长堪比美髯公。
时来仗勇诛千骑，运至凭威破万雄。
睹此仪容诚可羡，后来品爵极尊荣。

石亨观之，心中大喜，曰：“老师褒之太过，恐某不能到此地位。”古春笑曰：“山僧不谬言，日后自显。”又写一诗，递与石彪，其诗云：

胡须一部茸而清，狼背熊腰似虎形。

燕额当年同翼德，虎头今日类班生。

轻舒两臂真骁勇，独立双眸甚狰狞。

边塞他年人畏伏，元戎掌握显身名。

石彪看毕，称谢不已。古春仍写一诗，送与于公，其诗云：

巍巍体貌若天神，炯炯双眸耀朗星。

声似洪钟欺项羽，面如冠玉赛陈平。

擎开赤手安邦国，誓展丹心佐帝廷。

他日救时真宰辅，后人谁不羡忠贞。

于公看罢曰："重蒙老师奖许，恐学生无有是日。"古春答曰："山僧昔年许公宰辅，今日岂肯谬言。日后三君贵显，方知山僧之言不妄。"复叹曰："山僧阅人多矣，不意今日将相奇逢于此。"又叹息者数声。三人见古春三叹，遂问其故。古春曰："山僧叹息者，奇三君之数耳。"

四人正谈饮之间，只见一俊俏后生领着一披发女子进店来。后生朗唱一曲，讴音清亮；女子亦吹一曲萧，清韵可人。于公问后生曰："汝是何方人？姓甚名谁？"后生答曰："小人姓萧，名韶，原是北方人氏。父亲因到南边教演吹唱，年老欲还家乡，不料病故。母亲又三年前已死，遗落我兄妹二人，不能还乡。几次欲卖身葬父，小妹又无倚仗；几次欲卖妹搬丧，又不忍同胞分散，只得赶趁度日。不料于今唐赛儿作乱，米粟甚贵，难以度日。若得达官稍助盘费，我兄妹二人带得父母灵柩回家，存殁感恩非浅。"

于公见说，心中恻然，曰："观汝所言，一点孝心。吾欲助汝盘缠，奈唐赛儿作乱，关河阻隔，难以回家。汝能依吾一事，令汝忠孝两全。"石亨闻言问曰："于兄如何令他忠孝两全？"公曰："吾闻唐赛儿作乱，昨夜正思欲施一计以除之。今见萧韵伶俐，又能吹唱。观他是孝心之人，此事可托。吾欲授一奇计于萧韶，令他潜地投入唐赛儿营中，使其内中取事，以除一方大害。除了唐赛儿，就是尽忠；那时搬丧回去，就是尽孝。”即唤于康取银伍两，付与萧韶，曰：“汝将一半银子，把父母灵柩权寄在寺院或坟茔空地之处。吾令授汝一计，必然成功。”萧韶见公惠此大恩，即拜于地曰：“蒙达官厚德，使萧韶赴汤蹈火，亦不敢辞。”公曰：“吾有一友姓许，现任腾县知县。我修书一封，附一奇计在内。汝与妹子即投唐赛儿营中，依计而行，无有不中。”公遂修书附计，令萧韶同妹子前去。

萧韶领了，即辞于公，往别径取路到滕县，呈上于公书计。许知县见了，暗羡曰：“吾友此计果奇。”即令萧韶与妹投入唐赛儿营中，行阳施阴夺之谋，用里应外合之策。许知县会合傅总兵之军，杀了唐赛儿，除此一方大害，实于公指示之谋。其计甚秘，功为许知县所得，故杭人有言公初出衡门第一功者，即此之谓也。于公即遣萧韶去后，二石与古春不知所附何计，各个暗中称羡，俱皆作别而行。

石亨与石彪往别路来投见其伯石岩。石岩一见大喜，曰：“吾正思汝二人，今日到此，足慰我怀。”因领亨、彪来投见傅总兵。傅总兵见亨、彪英勇貌伟，遂留于麾下。后因收妖贼有功，升亨为镇抚之职。不数月，其伯石岩病故，无子，亨遂袭其指挥之职。石彪亦有功，遂授把总之职。

且说于公自别古春与石亨叔侄，取路径到济南府来，收拾岳父董镛灵柩。董镛原中进士，选为翰林庶吉士。居位不数月，因劾当道，反被当道唆言官劾其越职论事，遂降为济南府府学教授；在学三年，升为永丰县知县，未及到任病殂。董镛为教官时，甚得诸生之心，虽上司亦皆敬仰。于公因搬丧到彼，三司府县诸生，皆有祭赙之仪。公该受者受，该却者却。一惟以礼自处。诸生亦皆雅重于公。公即辞诸友众官，搬丧而回。拜见父母，安葬岳丈已毕。诸亲友皆来吊奠。事完，当有良友高孟升、吴彬庵、吴雄、刘贡父等，来拉于公同去看书。未知在于何所，后篇可见。

## 第五回

# 于廷益大比登科
# 高孟升坚辞会试

诸友复来请公看书。公亦因科举在明年，遂不远去，乃从众友之情，同到富阳山中读书，与众深相砥砺，甚为有益。公在馆中数月，一日闲步到烧石灰窑之处，观见烧灰，因有感于怀，遂吟诗一首，云：

千锤万击出深山，烈火焚烧若等闲。
粉骨碎身全不惜，要留清白在人间。

后人观此诗，谓云：文章发自肝胆，诗赋关乎性情。观公咏桑咏灰，足见其忧国忧民，自甘廉洁，全忠全节之印证也。于公吟毕，仍到馆中与朋友会文、讲论经史。

将及年终，回家来。一路与吴大器同行，各将衷曲细谈。于公曰："明秋正当大比之年，不知我得中否？亦不知我日后事业成就否？"吴大器曰："兄之英才广学，何愁事业不成，功名不就？明秋决中高魁无疑矣。兄如有疑，可晓得听'倩语'之事乎？"公问曰："何谓'倩语'？"大器曰："'倩语'者，乃听他人之言语，以决一生之穷通。书上谓之'响卜'，又谓之'谶语'，即此意也。"于公猛省曰："妙，妙，待我试为之。"遂与大器分路各自归家。

延至第三日，乃是腊月二十四日之夜，公乃依法至二更时分，悄地潜行，出门而去。行不半里之程，至一家门首，听得一小儿讨豆吃，一妇人回言："你去问外婆讨就有了。"于公闻言，即住脚暗想曰："此分明叫吾去问外婆讨'谶语'之兆。"乃即忙回家安歇一宵。

明早起来，细思曰："吾外婆平日素不喜我，我去讨'谶语'，必无好言。"乃挨至午后，一迳来到外婆家来。相见外婆礼毕，便曰："外孙向在富阳山中看书，不曾探望外婆，乞恕罪。"外婆曰："你读书正理，日后好做尚书阁老。"于公闻言心中甚喜。外婆遂留公饮酒。外婆家中有两个小厮斟酒，服侍甚是殷勤，把大杯连敬公三四十杯。公不觉大醉，就喊叫曰："好两个小厮！吾日后做到尚书阁老时，我一人赏你一个官做。"这外婆见公酒醉狂言，便说道："尚书阁老有你分，只是恐朝廷要砍你这托天说大话的人。"于公忽闻外婆说出此言，心中大惊，不觉酒气潜消，即辞外婆回来。一路思量曰："吾日后虽然贵显，恐不能得善终。"既而叹曰："吾若得尽忠报国，死何足惧哉！"急急回家。

过了除夜，明春正是永乐十八年二月间。于公蒙提学已取了正科举。至八月终，于公果中高科。同馆高得旸亦中魁。二家果然宾客骈门，亲疏拥户。于公见俗态浮薄，心甚非之。杭俗之风，极其炎凉。惟于公与同年高得旸二人，视富贵若浮云，甘守廉洁，不与众同，一应贺礼，坚却不受。

于公世事已毕，数月不见高得旸出来会友，公乃亲造高君之门，欲拉高君同赴会试。只见高君谢绝亲友，不乐仕进。因虑同年辈来邀会试，乃先题诗一首于屏风之上，以明其意云：

今秋侥幸步云衢，明岁南宫选继开。
勉强俯成场屋志，自惭愧乏庙廊才。
随时暂尔栖蓬荜，抚景灰心谒帝台。
即此认为终老计，亲朋何用苦疑猜。

于公看罢，嗟呀良久，曰："若如此说，高君不欲进取矣！"乃大叫数声曰："高兄，小弟候见多时，何故不出相见？"高君知公俟久，只得出来相见，各施礼毕。公曰："小弟特来约兄同赴会试，兄何故题诗于屏风之上，甘守衡门？往日所读之书何用？"高君答曰："兄素抱经济之才，当展生平之略。此去京都，必然连捷。小弟学疏才浅，德微命薄，不求进取，甘守清贫，以遂所志。"于公闻听，复劝曰："兄读万卷经书，久抱经纶，不干仕进，则所学皆成虚耳。况兄正当盛年，何故退岩下，甘老蓬衡？诚所见之偏也。"高君答曰："今秋勉强赴试，不意侥幸登科。且小弟频年多疾，倦于进取。弟与兄相知最久，岂不知弟之愚衷？今日之不赴会试，即兄向日坚却山东收唐赛儿之功同也。当日公遗计收唐赛儿，傅总兵欲表叙公指示之谋，公闻知亲往傅公营坚却，故不叙公功，皆作为许知县之绩。"于公见高君固却，知不可强，但曰："兄如此固执，弟不敢再强。即此告辞，再图相会。"

## 第六回

# 莅广东备陈瑶疏
# 按江西鞫明奸恶

于公别了高得旸回家，即整装拜辞父母，带领二仆，前往京师赴试。不消两月，起岸到京。二月内即中会魁，三月殿试毕，时永乐十九年。吏部点选人才，即奏授公为在京监察御史。不两月，奉旨差往广东犒察官军功过，并招辑瑶僮。

公承恩驰驿，迳到广东。未至瑶僮地方，公即令舟人泊船于岸，改换衣巾，潜往瑶僮之处，察其动静。行了半日，并不见人踪迹，公心甚疑。又走多时，才见一村岩，撞见一老瑶、一老妪。那老瑶见了于公大惊，连声哀叫，乞饶老命。公闻言即曰：“我非是官军，乃是商人，因到广中生意。去年有两个伙伴，拿些货物到你这地方货卖，不料这里反乱起来，至今不见音信，未知生死若何。今见官军平定了这里，因此我特来访问个消息。”这老瑶答道：“客官不要说两个伙伴，便有一二百个已没有了。我这里官兵，惟贪功绩，不分好歹，不辨贤愚，尽皆杀害。搜掠金银入己，蔓及多少无辜之人。朝廷哪里知道?”公闻言甚悯，乃复问曰：“你这里皆可营生为活，何苦作乱，自取灭亡。”

那老人曰：“客官，我这里虽是瑶僮地方，亦晓得人伦道理。自洪武爷爷归服以来，并无歹意，各自营生，耕种过日。间或一二伙贼人，不过因缺少些盐米，出来掠些，聊救一时之急，非敢为反乱之事。就是客官那边，亦有此鼠窃狗偷之徒。不过捉拿为首、为从之贼，或打或杀，决不连及好人，无辜杀害。如今官军稍闻有些声息，即大肆搜捉，转相攀害。况我这边，又与獠犽切近，为首贼徒怕死，因而煽动獠人，遂相连结，拒守官军，使善良者不得安生。贼首又勾引獠犽，或出或聚，反驱人东掳西掠。不料黄贼乘时扰乱。且我这里不过扰掠贼徒，又非有弓马熟娴之人，又没有大刀阔斧、纯刚锋利之器，所有者不过是苦竹、枪帚、弩弓、药箭之物，怎当得官军大队火铳、火炮、钢刀、铁箭、快利器械。贼首正该诛杀，安静地方。今官军反把我们守分之人无辜妄杀，邀功请赏。”那老瑶与老妪说到伤心之处，痛哭起来，诉道：“我老身已有三个儿子，三房媳妇。那日晚间，正在家中煎豆腐、暖热酒，共坐吃酒，忽听得炮铳齐发，顷刻间官兵杀进。儿子与媳妇俱被杀害，只得我两口老身，亏了这头白发，饶得性命。如今村市之中人烟绝少。客官今日你好大胆，独自一人到此。幸喜如今平静还好，切须仔细。”于公见说，深自叹息，乃曰：“闻你这等说，我那伙伴必死于官军之手。”老瑶遂留公歇宿。公乃权宿一宵。

明早起来，吃些早饭，公送些银子与老瑶，作别而行。行不三五里路，又见一老瑶。那老瑶见公亦哀乞求饶。公曰：“不必惊恐，我非官军，是经过客商。”因问老瑶事情，老瑶之话，与昨晚老瑶之言相同。公乃叹曰：“那朝廷何由知之。今将臣惟贪一时之功利，不顾人类之性命，将无辜之人枉杀，自然不报于今日，必报于子孙也。吾想秦将白起，无辜坑卒四十万，后自身刎死杜驿，子孙尽遭屠戮。天岂无报乎！”一路嗟呀，急急回到船中，催人抵任。

官军各个出接。公遂令各将官俱造军册，一一开报明白。公乃查得功少而行事不妄者重赏，功虽多而杀及无辜者次赏。于是一军皆称严明，无不畏服。公仍着士官、士兵招致瑶僮，谕以祸福，申明今日朝廷大义。瑶人无不感泣。

事毕，乃回京复命。遂上疏，历陈瑶僮情俗之苦状。朝廷见疏大悦，即敕广东将臣；自后抚驭得宜，不许邀功妄杀；若仍妄杀无辜者，着抚按官查实不饶。以后广瑶地方，渐得安生，亦于公之恩也。

时都御史顾佐见公青年如此廉明仁惠，甚相敬重，即奏差公巡按江西。公闻圣旨下，星夜到任。时江西宜春县乡民董山，五年前乏本营生，乃央中将田产文契，戳借隔村豪民王江处，本银三百五十两，每两加利三分。董山借银到手，即置货物，前往营生。出外年余，不能获利，家中食用，反使费些去了。董山思得生艺艰难，利银又重，只得收拾衣饰、银钟、银钏之物，同中人到王江家来，奉还三百五十两本银，尚欠利银二十五两。王江当日收了银两，即设酒厚待董山并中人。酒毕，王江曰："今戳契一时寻觅不见，待明日还足利银时，一并交还。"董山见说，乃曰："兄长恐小弟不还这些利银，便是明日总还取契罢了。"即同中人辞别归去。山因利银一时凑不起，迟延了半月，不期中人患疫三日而死。董山只得自带了利银，来到王江家里。江家推说不在，次日山又到江家，江家又推不在。连走六七次，将及一月。

董山心疑，只得坐候王江两日。江推托不过，出来相见。董山即奉上利银，取讨文契。王江见说，即变了面，喊曰："汝本银不曾还，只付得这些利银，就要还你戳契！"山闻言大惊，曰："兄长莫非酒醉未醒，何出此言？前月本银通奉还你，今见中人身死，反说此言。苍天在上，不可欺心。"王江连声嚷道："谁是欺心！汝倒见中人死了，反来赖我本银。"山忿怒不平，连声叫屈，即与王江殴打起来。众邻一齐来劝解开，彼此告诉一番，众又不知真情，皆说董山折本，反来欺心赖债。董山见众人一说，气得不能言语。难以分辩，只得回家。

明日，迳到本县告理。县官拘王江并邻里究问，通是回护王江一偏之词。皆曰："止有赖债之情，并无债赖之理。"问官审毕，即提笔判云：

审得董山往年原借王江本银三百五十两，当日有契有约。据山此时还银，无证无中。岂有三百金之资交还，不即索契取明，而延至两月后兴词？此分明欲图赖债者也。情属可恶，法宜重惩，以警刁诬。

问官判毕，即将董山重责二十，又禁狱中。待还完本银，方才拟罪放免。董山冤屈无伸，屡屡令子侄到上司去告理，皆以前招为证，反坐越告之罪。

董山累得人亡家破，召保出外。闻得于公巡按江西，董山吁天祷告曰："山闻新到巡按于爷，自幼神奇。今日为官，必如明镜。山之冤屈，只在此词。恳乞神天昭鉴，救拔含冤之苦。"于公初临马头，董山拼命拥住轿旁，高声哭告曰："青天爷爷！小人三年冤屈无伸，只得拼命伸诉。非爷爷明镜，不能察此冤枉。"于公见其迫切之状，非假态也，喝令取词上来。公看毕，即问曰："还银之时有中，还利取契之时，中人病死，事之不明处在此。"董山即叩头诉曰："青天爷爷！正是。王江见中人魆死，以为无了见证。问官又据王江邻里一偏之词，把小人屈陷三年，累得人亡家破，冤屈无伸。今日爷台亲提究问，便知明白。"于公遂准了词状，喝令董山退去。亦不差人去拿王江，亦不发落董山，与别官究问。

挨过月余，董山又苦苦哀告于公，公佯为不理。董山情极，叩头流血。于公问曰："汝还时，银子共有几锭？何处倾销？还有何物抵足其数？"山忙诉曰："小人银子共四十六锭，二十四块碎银。因不足，还有银杯四个，银钏二副，衣服二套，抵足其数。这钏打造甚精。"于公见说乃曰："吾已知道。"仍发放山出，于公遂留记在心。

忽一日，行牌到宜春县，竟拿王江到来。不问董山之事，反究起强盗事情。公特喝曰："王江！尔为何为盗，打劫某家，今盗首在吾案下。"即差捕官二员，随即带王江到家。协同地方邻右，将王江家内一一细软之物，尽行用箱柜封记取来，以为起赃之物，各个有号封记。不消半日，尽将所起之物，一一摆列堂中。其文契财物见在，公令王江一一说从何处来的。及至银杯银钏二物，于公见了即曰：“此正是赃物。”王江听说这是赃物，不觉放心进前辩曰：“此非是劫盗赃物，乃是前村董山欠小人银三百余两，因本银不足，将此物抵偿其数。实不是劫盗赃物。”于公见说乃曰：“是了。这田契是董山之名税的，戳契又是山名。他既还你本银，汝又赖他田契不还，观你之心，比劫盗之心尤狠。”即令人带董山过来面证。王江无辩，叩头伏罪。于公大怒，重责王江三十，问徒二年。将江家资判二百两与董山，作为三年负累之苦。董山叩头不已。冤狱分明，一省称为神明。将前问官参论，住俸三月。人皆称仰，不敢为不义之事。

时有宁府中官属，平素骄横。每遣人和买市物，减其价银；若有不肯与者，即强取之；若与争夺，即扭府中，捶之致死。有司不能禁止。民不胜其苦，无所控诉。公按临，民皆遮拥马前，怨声如雷，诉告之纸，堆如山积。于公检视其事之重大者，实时题奏，付法司拿问。黜其尤者数人，置之法典者二人，但民有不便者，尽为革除。仍立碑垂戒。于是奸吏巨族素强梁者，悉皆缩首，不敢妄肆于民。人皆仰公之德，即祀享公于学宫。

公按事已完，正欲回京复命，忽有官校因事来捕。说有长芦一带马快船，船中竟夹带私盐万万。公亦不避权贵，悉置之以法，至今河道肃清，皆公之德。一省闻公回京，皆挽留不住。有号泣相送者，皆欲望公复至。公迳辞谢百姓，回到京都复命。每奏事，声如洪钟。时朝廷闻之钦听，班寮亦皆悚然。时永乐二十二年。不两月后，永乐宾天。于是洪熙登极，乃下诏：或在朝，或在野，不拘缙绅、儒流、耆硕之人，但晓典故，博览占今，练达时事者，有司当即奏闻，征聘到京，纂修前太祖、太宗实录。于公闻得诏下，心中甚喜。乃曰：“吾每欲荐吾友高节庵（高得旸之号），不得其由，实有蔽贤之罪，今乃得其所矣。”即上表保奏其友，未知若何。

## 第七回

# 于侍御保友赴京
# 高征君辞爵归省

于公即日具表，奏上于洪熙帝。帝览表毕，有旨下，即敕礼部差官征取到京。此时阁下杨士奇、杨荣，尚书蹇义，都御史王佐，各举所知之人。当有升任杭州府通判朱耀在京，未出都门。于公闻得，即见礼部堂官，礼部官遂奏朱耀，即带敕书征聘高得旸到京。

朱通判领敕诏，即驰驿到杭州武林驿下马。府县官出接，宣读毕，府官即同朱通判造高君旧宅。有人禀曰："高君不乐仕进，别筑室于西湖锁澜桥旁。"三府闻言，即同众齐到西湖上来，造高君之庐。只见门首题咏甚多，惟右首一诗，乃高君自咏者。其诗云：

五年筑室傍西陵，槐柳为墙竹作屏。
最喜门庭无苛客，每逢时夕有嘉宾。
南阳诸葛三椽屋，西蜀杨雄半亩亭。
今日更无尘事扰，抚琴才罢阅诸经。

朱府判与众看诗毕，皆羡高君有和靖、禹锡之雅操。其时早有人报知高君。高君忙整衣冠出迎，令排香案接圣旨。宣读毕，府判与高君各相见礼毕，分宾而坐，高君曰："不肖匪才，素无学术，遁迹西陵。不料今圣上过听于侍御之荐，有劳诸公祖光顾草庐，恐此行有辜负圣恩，实难应聘。"

三府曰：“征君不必拒辞，今日朝廷求贤之意，急于饥渴。特下诏起英耆于侧陋，访硕隽于岩栖。今阁下杨荣，尚书蹇义等，皆举相知，俱已应聘就道。况于侍御之荐，绝无谬也。且士当为知己者进。今相国杨士奇先前亦以儒士应聘，纂修我太祖实录，如今已作台辅。征君岂宜若是之执乎？”高征君仍固辞不就。三府又曰：“吾闻鹍鹏不止园池，骐骥志在千里。征君抱经济之才，当展经纶之志，何自韬隐坚却如此？上辜了朝廷隆聘之盛典，下负良友特疏之美举。”征君闻说方始允聘。

次日，高征君同府官至武林驿中与府官作别，星夜驰驿到京。此时杨阁老荐胡俨，蹇尚书荐李勉俱到，齐觐君完毕。朝廷即用胡俨为翰林检讨，李勉为国子监学录，高得旸为宗人府经历。不旬月之间，朝廷取在京学士刘穆之、杨士奇等为总裁，礼部尚书蹇义，并检讨胡俨、李勉、高得旸等为副总裁。高得旸同众翰苑官在院中，果然博闻洽识，文理纯正，议论合宜，虽总裁刘、杨、赛、夏诸公，亦皆仰重。闲常时，每与于公议论政事，真有经国远猷，安邦宏略，惜乎不乐仕进。每题咏之作，果然脍炙人口。京师盛传于、高二公文词清丽，得一诗一词者，胜如得金。其文词颇多，不能备述。高征君同众纂修国史已完毕，朝廷俱加升职，因升高征君为编修。高君再三固辞，不肯就职，叩乞致仕归故乡，以遂所志。幸朝廷见其固辞，方准所请。

高君心悦，来辞于公，即日就欲起程。于公仍劝渠就职。高君曰：“弟蒙兄误荐于朝，国史已完，安敢妄贪天禄？弟志已决，不须若留。”于公乃设席款待高君，各言衷曲，并谈国家政事。高君曰：“吾昨夜观天象，不出二十年之间，朝廷多事。非济世之才，不能砥定。安知其不在兄乎？幸朝廷有福，乃生我兄，非兄不能匡济也。”遂别公而出。

明日，高君不待旨下，即与二仆潜回，留书一秩、诗一首与寓所之人，嘱付曰：“明日于爷来时，汝可将此呈上。”寓主人领诺。高君遂不别于公，飘然长往。于公连日不见高君动静，乃亲到寓所探望。寓主人禀曰：“前日高爷去矣，有书与诗在此。”实时呈上。于公遂取诗拆开看，云：

兴在思鲈不可留，严滩孤月照羊裘。
昨宵已定将来事，今日难羁欲去谋。
报国丹心君自得，栖岩素志我何求！
谨将治世安民策，付与金兰细玩筹。

于公看诗，嗟呀不已，曰：“高兄果有严陵之志，吾不及矣！”

于公因高君去后，国事少暇，乃差人恭请父母并家眷人等到京，同享天禄。差人去不三月，父母家眷皆请到。于公大悦，得尽温凊之礼。正是居家行孝敬，在国尽忠贞。

不数月，忽报云：“洪熙驾崩。”京城军民人等，若丧考妣，尽皆恸哭。明日乃宣德登基，大赦天下。恩封诸藩王勋戚，次封在京官员。于公生一子，因逢朝廷恩赐父母冠服之日，即取所生子名曰冕。于公正欲奉养二亲，忽报汉王作乱，于是朝廷特取公扈从驾行。公闻报，忙辞父母，随从而行，不知若何。

## 第八回

# 从御驾议收汉庶
# 至单桥谏免赵王

宣德元年，朝廷乃恩封大小官员，并藩王勋戚臣寮。永乐帝生三子：长即洪熙；次汉王，封于乐安；三赵王，封于彰德。洪熙自幼仁德孝敬，慈爱好文。汉王自幼性凶刚狠，好骑马射箭。及长，甚有膂力。永乐因汉王出兵有功，心甚喜之，初封为天策上将军。王得此职，心中大喜。夸示左右曰：“昔唐太宗曾封为天策上将军，吾今得此职，岂非天意在我乎！”遂造谋有夺兄之意，时常在永乐前谮毁洪熙。洪熙仁厚，不与为较，反加友爱。后永乐察知其欺，遂大怒，改封为汉王，敕于云南建国。汉王哭诉曰：“子有何罪？置于万里之外。”永乐乃改封于乐安。封不数年，永乐崩，洪熙即位。

汉王心甚不安。洪熙待之益厚，比往时更加优待。不期洪熙在位一载而崩，洪熙之子宣德登极。汉王闻知，心中不乐。后朝廷加汉王封爵，又不上表谢贺，乃与护卫指挥王斌、朱恒、盛坚、侯海等，共为逆谋。暗令人到山东约都指挥靳荣反济南，仍四下里发遣弓刀手于真定、河间诸卫所，尽夺旁郡地方。又遣枚青到京，暗约英国公张辅为内应。张辅见枚青问其来意，青遂递上汉王密约之书。英国公见了大惊，暮夜即拿枚青见宣德。上一见大怒曰：“朕惟至亲只有二叔，今至亲如此，他藩何如！朝廷有王，国法安在!”乃指枚青詈曰：“俱是汝等奸臣离间，致伤骨肉之情!”即命拿青下狱，“待朕擒了汉王，然后处置。”

明日旨下，敕平江伯陈瑄防守淮安，都督芮勋守居庸关。又尽释放京城军旗刑徒，俱令随驾亲征。宣德元年九月初三日，命广宁伯刘瑞守内城；定国公徐昌、彭城伯张昶守皇城；安乡伯张安守护内外城。初四日，命丰城伯李贤、侍郎郭琎督管军饷，郑王瞻埈、襄王瞻凌留守北京。武安侯郑亨、都督山云、尚书黄福同守辅京师。初五日，率少师蹇义，少傅杨士奇，少保夏元吉，少傅杨荣，尚书胡濙，通政杨善，都御史陈山、顾佐，监察御史于谦、王翱等扈从，御驾亲征。令武阳侯薛禄、清平伯吴成为先锋，广平伯袁容、都督张升为左右翼，军容甚盛。

初六日，驾出都门。行至中途，上顾问从臣曰：“卿等试度汉王计将安出?”少傅杨荣进前对曰：“臣料乐安城小，汉王必先取济南为巢窟。”夏元吉亦奏曰：“观汉王曩时不肯离京，今必趋南京无疑。”上曰：“二卿所料，未必其然。今济南虽近，未易攻打。闻朕大军至，亦无暇攻击。且汉王并护卫家小，俱在乐安，未必肯弃此。”圣言未毕，忽侍御史于谦前奏曰：“臣度汉王外多夸诈，内实懦怯。又且临事狐疑，无有断决。今不直取南京，足知辗转无能。今汉王实不料度陛下亲征，量得朝中将帅，无与为敌，乃敢如此悖逆。今日我陛下亲征，城中闻知胆落，必成擒矣。”宣德闻言大喜曰：“观卿所言，正合朕意。”急令将士前进。

早有探事人入城，报知汉王曰：“闻朝廷差大将武阳侯领兵到此。”汉王闻报，攘臂大喜曰：“吾何惧哉，吾何惧哉！此易为退耳。”复顾左右曰：“吾料朝中无我对手，今果然矣。”正欣喜之间，又有人急报曰：“今上亲征我国。”汉王闻得“亲征”二字，半晌无语，面如土色，心中大惧。护卫指挥朱恒即忙进曰：“大王勿惊。乘此南京无备，可急起兵，直至南京。若得南京，号令文武，谁不允从？大事成矣。少若迟疑，大军一至，围绕城池，城中若釜中之鱼，必遭擒耳。”汉王终是心怯，果然不能决断。

宣德行至乐安，乃命三军一齐蓐食，倍道兼行，不可迟滞。大臣齐谏曰：“林莽之间，恐有埋伏。百里趋战，兵家所忌，甚为不便。”上曰：“兵贵神速，朕兵直抵城下。况彼乌合之众，方汹汹未定之时，何暇设谋计伏。”

大臣皆贺曰：“此陛下圣算，臣等皆不及也。”上曰：“卿等所言亦是。且古昔圣人，尚临事而惧，好谋而成。但朕度之审矣，卿等无虑。”遂催兵急进。来至庆云、阳信（二县名）并无官吏人等迎接，皆慌慌避入乐安城中去了。上曰：“眼见彼处兵民，皆遁进城中去也。”

初九日，驾住乐安城北。但见城中黑气黯黪，遂围其城。汉王将校凭城举炮石打下。我军发神机铳炮攻打，其声震如霹雳，城中一时鼎沸，慌乱起来。诸将急请打城，上不许，敕谕汉王令其改过。汉王密地遣人到驾前奏曰：“愿今日与妻子诀别，明日出城待罪。”上许之，遣人归报汉王。汉王尽收诸兵器及通谋逆等书烧毁。

十一日，汉王将出待罪。王斌等力止，泣谏曰：“宁决一死战，无为人擒。”汉王见众将如此，假以复入宫中取物，潜自从地道中出来，投见上位，乃顿首伏地曰：“臣该万死！惟恳陛下怜之。”乞命者再三。上遂命护卫人役，发一围轿，令汉王坐于轿内抬行，仍悉召诸子从行归京。赦城中百姓之罪，乃降汉王为庶人，改乐安州为武定州。

处置已定，回驾至单桥，有都御史陈山迎驾奏曰：“汉王谋叛，赵王实与之同谋。今乘此得胜之兵，移指彰德，擒赵王如反掌耳。今若不取，后赵人反测不安。设有他变，恐复劳圣虑也。”上闻言，沉凝半晌。杨荣、于谦二臣急忙谏曰：“先帝止有二弟，今汉王自绝于天，不得不伐。赵王反形未露，逆谋未彰，今遽用兵伐之，恐伤先帝之爱，有累陛下之仁。”上曰：“二卿之言是也。”陈山扈从在后，屡屡言曰：“今不取，日后必为子孙忧。”杨士奇、夏元吉闻陈山之言，不以为是，乃进谏曰：“赵王事未彰露，不宜遽伐。”上亦不忍，即命广平伯袁容、都御史刘观，持群臣奏章以示赵王。赵王闻广平伯等到，不知所为，心中大惊。及见广平伯传旨并群臣奏章，赵王视看俯拜于地曰：“蒙皇上恩德浩大，骨肉保全。”即同广平伯等入朝谢罪。上待之甚厚，仍加俸一百石，彩缎二十端，送赵王归国。

上乃令汉庶人当殿见上。上责其叛逆之罪，庶人当殿犹自倔强，反出不逊之语，不伏判逆之情。朝臣默然。忽班部中闪出一员官来，大喝一声，声若洪钟，乃曰：“庶人不得喧哗强辩，吾今与汝明正其罪。”未知闪出何官。

## 第九回

# 叱庶人骤升三品
# 旌义叟全活万民

宣德当日令汉庶人殿廷朝见，庶人犹强辩不服。忽左班中闪出一员官来，众视之乃是侍御史于谦。谦当殿大声叱曰："汉庶人不得强辩，吾今与汝明正其罪。汝且听着：天生烝民，立君为亿兆之主。海内诸侯，莫不臣服，欣戴奉命。今我皇上与汝，名虽叔侄，分实君臣。既有君臣之分，当尽臣子之心。昔者先帝临御，待汝恩隆无比。今日陛下即位，首加汝之爵封。惟愿共辅邦家，睦亲骨肉。岂意汝不思尽忠报国，辄敢谋为不轨。初令徐颀四出劫掠，复遣枚青潜结勋臣。用铁瓜挝死指挥徐郧，多营囚护卫陈盛兵劫中官侯泰。瞻圻是汝之子，宠妾而杀其母，仍绝其嗣。父子夫妇间，垂恩绝义，亦已甚矣。且先帝是汝之兄，谗构百端，谋夺储位，实欲推刃同气，大灭彝伦。何忍为哉！散骑军劫夺旁郡，养亡命横杀士民。如此逆恶，死有余辜，尚何强辩？"

汉庶人听于公喝出平日所为，心胆皆颤，不敢复言。两班文武见于公言词严凛，声若洪钟，矢口发出庶人真正情状，皆暗暗称羡他。宣德帝闻于公之言，触起雷霆大怒，曰："朕宥得汝，国法不能容也。"即令金瓜武士，拿庶人幽于逍遥城中。过数日夕，朝廷令排宴，大宴庶人三日，令其自尽了。

宣帝日前因于谦扈车驾从征之际，料度庶人之谋，灼见无差，今又证庶人之罪，言词严厉如此，宸衷大喜，乃属意用公。不数月，忽有奏山西、河南二省荒乱。有内旨：特差侍御史于谦，即升都察院佥都御史，兼兵部右侍郎，巡抚二省。明朝御史竟升侍郎，于公一人起也。于公闻旨，即辞别父母并夫人董氏，单骑带二仆人前往到任。公时年三十二岁。行香毕，乃立二木牌于院门首：一写着求通民情；一写着愿闻利弊。

二省里老皆自远来迎公。公皆和颜悦色，款问风俗。里老见公开诚下问，无不悉言风俗。公曰："今二省饥荒最甚，此为急务。吾欲与诸里老议平籴之法。汝众里老，俱将吾善言劝谕富豪之家，将所积米谷麦粟，先扣足本家食用之数，其盈余者照依时价粜与饥民，以救其急。自古贫富相周，有无相济，此亦一乡、一邑邻里之通义也。若有仗义者，每石肯减价二钱，减价至百石以上者，给与冠带荣身，免其终身差役，并杂色差役。若一二千石以上者，奏请建坊旌表。若不愿减价者，勿强之，但行平籴之法。若有奸民擅富要利，坐视饥民，不与平籴者，汝等里老从实举呈，吾当重罚不恕。"诸里老唯唯领诺。

公又谓里老曰："今蒙朝廷发一十三万银两赈饥，吾尽发于二省州、县官员，分给赈济。中间多有豪富奸猾之徒，不思饥民得银止可苟延数月残喘，反恃强挟逼赈济银两，以偿往日拖欠私债者，汝诸里老并饥民被挟逼者，实时鸣告，吾当重治不贷。凡有欠私债者，俱候年丰，渐渐还纳。"诸里老唯唯听命。公又嘱曰："今凶荒之年，多有骨肉至亲，不能保全，有遗弃子女者甚多。汝诸里老当即开报州、县等官，务要设法收养，候岁熟查访还之。若汝等里甲地方贤良之民，能收养四五口者，吾即犒以羊酒，给尚义之匾；十口以上者，加彩缎，免其各差役；二十口以上者，给与冠带荣身。汝众里老当听吾嘱，勿使遗失。"众里老闻嘱，领诺而出。

公即领各府、州、县，一一开报明白，分上、中、下三户造册。限半月之间，排门册籍，俱赴本院稽查。然亦不时体访。乃大开仓廪，发粟出谷，赈济饥民。先将前朝廷发十三万银两，分赈二省。仍每里煮粥于通衢，如穷乡村落之处，亦每里给米四石，令四人兼押一缸粥。每一饥民来就食者，止许吃四五碗，即令止之，复令他行动半日，再与之食。此乃是公为民深虑，恐一时食之过多，久不得食之饥民，反伤脾胃，损命者有之，故令行动，不使过伤，实救饥民之良法也。于是饥民扶老携幼，俱来就食。有惜体面者，有年老并少年妇女，不好出外就食者，着查实计口给米。或给粟麦，或颁与粥食，不使失养。公又思饥民虽目下得食延生，奈仓廪空虚，倘再遇凶荒，何以接济？乃大书榜示，告谕富家巨族，劝其捐贷资粟，以备仓廒，以济饥荒。告谕才出，早有河南富民赵守贤者，家资巨万，年近七旬无子，乃亲赴院中投词案下，情愿将家资悉捐到官，籴谷赈饥，余者存之义仓。于公见词，亲令起来，以礼优待之。着府官设席款待，加以宾礼，令簪花赐酒，仍备鞍马旗鼓旌匾，迎送街衢。又以花红、羊酒、彩缎犒赐其家。即星夜赍本奏闻。

不一月旨下，着有司建坊旌表义民于闾里，仍月给米一石，冠带荣身。当时赵老冠带到院拜谢于公。公令免拜，曰："此是朝廷旌尚义之典，何劳拜谢。"因问赵老："汝年几何，有儿子？"赵守贤禀曰："某今年正七十岁，并无子嗣。"于公曰："吾观汝首能尚义，阴德不小。年虽七旬，体貌健厚，非无后者。"乃劝其纳妾，以生后嗣。公令里老择一贫家女到院，命赵老纳之。赵老领谢而出。后赵守贤将及一年，果生一子。至院中叩谢于公。公心甚喜，以为天之报施善人，如此之速。于公思："吾才出告谕：'赵守贤先来损资赈济，亦良民之豪杰也。'"叹羡久之。仍大张榜文劝示。各处张挂。

## 第十回

# 于院示捐资劝谕
# 众民诵赈济歌谣

于公即令出榜，大书劝示千余张，悬挂通衢。其略云：

巡抚河南、山西都察院佥都御史，兼兵部右侍郎于，为承奉朝命抚济饥荒事。照得河南、山西二省，饥荒为甚。贫民流散，缺食嗷嗷。本院莅任以来，即将前钦赐赈济银两，并各府州县无碍钱粮，及预备仓粮，尽行赈散，以济其急。虽目下少苏民困，将来犹恐不支。昔尧有九年之水，汤有七年之旱，民无枵腹而啼饥号寒者，其故何也？能预为备耳。今本院即捐俸资二千五百两，复蒙贤有司王、高、孙、李、刘、杨诸公，各捐俸资五百金，为蓄粟麦之本。然虽有此，尚未充盈。倘遇凶年，将何周济？本院悉访民情，颇知闾阎之事。今特出榜，功谕尔等贤良富家巨室：有能捐二百金以上者，当即与冠带奖励。有能捐四百金以上者，当即奏闻，录为义民官，建坊旌表；或本身原有官职者，即荣封其祖父，或录其子之名，衣巾寄学。有昔年贱价籴粟米，今肯输千百石，仍照昔日贱价卖于民间者，亦同前样旌奖。或收留遗弃子女五六口乃至十口以上者，或肯减一二钱时价粜卖者，本院已前日面谕众里老，皆照前给赏旌表不谬。有贤士大夫能捐贷者，亦即保奏，不时擢用。本院每思富贵之家，如有三千金家资者，可捐贷百金；有万金者，可捐贷三百金，亦不过三十分中出其一分。况捐一分之资，而活数千人之命，阴功岂浅浅哉！后必有报之者。

本院常见有司官因饥荒之岁，每令州、县官督察里闾勒报大户，其富豪大户，不知捐贷赈济之德甚洪，而反百计夤缘，用钱贿赂，求其脱免，里胥得遂其奸，脱上户而报中户。有司不查其实，又不再三开谕，往往转相扰害，亦何上下之愚哉！假如用夤缘贿赂之费，孰若捐贷以赈饥贫，上舒朝廷之隐忧，下为子孙之积福，中又不致为里甲之科需。本院今谕捐贷赈济，实劝汝等为此好事，汝等反吝财难舍。及一闻僧尼设法化缘，遂能舍大资财，以邀来世福德，岂非妄谬乎！孰若捐数十百金，以济嗷嗷饥苦之民，实有见在无量功德。故西蜀张咏能立法捐资济贫，子孙数世荣贵；浙江蒋氏以平粜贱谷，兄弟三代为神。所谓仁人者，其利甚溥，其报甚隆。生前则万人感戴，死后则百世流芳。多有富豪之家，平昔悭吝，不肯捐资赈济，行此美事，是诚愚而不悟者。嗟乎！眇眇一身在世，食用有限，死又将不去。且终日营营，千谋百计，作牛马不肯少输一二。

为此美事，今本院每县置二仓，一曰尚义仓，一曰平准仓。义仓即贤良捐资输谷之仓。平仓即丰年贱价买进，若遇凶年，照昔贱价平粜者。即于仓前立碑勒名大书某人捐贷若干，某人输粟麦若干，计全活人若干，不但立碑建坊旌奖，亦在口碑，为人传诵。贤良仁富，见此荒年，岂无恻隐良心？欲捐输济困，又有奸徒，不思本院推诚劝谕，反设言阻塞其尚义良心，且言今捐百金不难，恐他日又有别项大役；又有言捐贷不难，倘又要人去买谷输仓，则人财两为赔累。今本院一心为贫民苏困，功尔贤良，既肯捐贷资谷，又岂复劳汝买输，绝无是理，切不可听奸徒惑阻。本院所以立碑勒名留后者，一则旌贤良尚义之功，二则杜后不许再将尚义之家，有别项大役索扰也。本院亦思尔等富家巨室皆辛苦营生，成家立业，必不强致之。但本院推诚待人，谆谆劝示。尔众当以本院之心为心，待后丰熟，必计数给还，安肯欺谬？今出示后，尔众若不体本院之诚，他日府、州、县官翔实报名到院，是顽民也，反为不美。故示。二省人民见于院榜示开诚劝谕，有富豪良善，莫不欣然乐捐资粟，以尊明示。其最尚义者，河南则赵守贤、高从善、孙祖祐、刘德洪；山西则杨有年、王永、李文科、邵承芳、朱朝卿。至今高、孙、杨、王、朱五宅，皆累世簪缨。赵、李、刘、邵四家，子孙蕃盛。可见济人活命之功，天必阴佑其后也。

公乃着县官每里选忠正耆老二人，协同里中，照旧日册籍，查计人口，给与半年粟谷银两。仍着县官不时稽查，不许里书作弊徇私。如有别省流民饥馁到来，亦令随在地方就食度命，不可赶逐。此法行之，民沾实惠，而得全生。公即每县置二仓立碑，刊诸尚义之名。又给与冠带，奏闻建坊旌表给匾，犒赐其家，免后各色差傜冗役，一一照示与面谕里老之言，一毫不谬。

公又差人于成熟处收买粟麦，如湖广、四川等处，皆起本院勘合公文，备书救灾恤邻，无遏籴等语："仰体朝廷德意，皆吾赤子。若分彼此，大非仁人君子之心。若有人到贵省籴买米麦，及贵省之人搬运米麦前来者，俱不许恃强之徒，遏闭拦截。若贵省有此之徒，系是刁恶害民之蠹，希重治之。若州县官有遏闭者，当为推情毋阻。"其差人输买之处，是以无人敢遏。其买籴来上仓粟谷，公算其盘费，点折虚耗，皆公自蠲资，赔补其数，置之仓廒。若遇凶年，乃分次贫、极贫，谅人计口给与。后两年之间，时岁成熟。公即查计先年捐贷资谷之家，各个照数算明给还。有尚义者，感公大德，不愿领者，仍贮库贮仓。又有几处仓廒，如先年贱价买谷者，资本三钱加利五分，六七钱者，加利八分，给还原籴之家。故富家巨室，并小户贫家，无不感德思恩。公又访得鳏寡孤独者，皆查养于卑田院，亦月给米粟，二季与布匹，并无遗失。仍令各处设医药局，以疗疫疾。盖大荒之后，必有饥伤之病。公乃究轩岐之奥旨，拯斯民于寿域。又设社学于里邑之中，令教孤寒子弟，使教读者，令其自洒扫应对，出恭入敬之礼，循循导之。其教读生儒，每月给米一石、银一两，作为教育子民之仪。自此数年，全活万万，教育万万。百姓深感公恩。有歌谣一篇，以见当时公之德政云：

凶年饥岁贫无粟，处处人民皆枵腹。
儿女卖与富家翁，少男止换六斗谷。
春来只有四斗粮，兼粞夹糠煮薄粥。
夫妻共食一月余，面渐尩羸皮搭骨。
引邻看看作饿莩，精液耗干无泪哭。
忽闻巡抚至此邦，开仓赈济饥与荒。
示民出粟自捐俸，谆谆复谕富贤良。
幸蒙尚义诸耆俊，贷资输谷到官仓。
大家小户皆得食，顷然面色生容光。
鳏寡孤独俱有养，医药调理救灾伤。
赵父杜母今复见，天遣恩官拯二方。

歌谣至今诵之。于公每巡视，目见河南地方逼近黄河，水势极汹，每留心计划。待百姓农事完毕少暇之时，乃亲自令民采取青柴芦草等物，堆积近水之处，以备卷扫之用。仍筑数处大堤，以遏水势。堤旁种树，以固根基。每五里立一铺，专人看守。少有坍损，实时修补，至今保全水患之功甚大。公每见河南、山西大路遥远，当暑热炎天之时，商贾往来，又无遮阴少息之处，多有喘渴中暑而死者。公甚怜之，乃使人夹道两旁，排种柳树极多，不三五年间，柳树渐长成阴。公又于大路中筑高埠数十处，旁边多开濠堑，亦种柳树万株。或三里、五里，浚开一井于路，连开数百余井，一则透泄黄河水势，一则住民与行人得水以济其渴。又于井畔通造一亭，与往来之人憩息。至今柳树合围成阴，行人得水以舒吻渴。古迹犹存，实万代之绩也。

公又见大同、山西行都司十三卫俱在大同，地方穹远。巡按御史不能一一遍历军卫并有司，事多不法，以致老弱充当，冗食者众。及闻警报，不能时刻猝至，为害不小。公乃上本，奏请专差监察御史一员，于大同雁门等处，控压边境，庶不致边政废弛，军皆精练，至今遵守。

公又见山东、陕西亦连岁凶后，多有逃移到山西、河南二省者，恐日后贻患地方，即令住居相近者，编成里甲，另立乡都；若住居星散者，就于各乡都附近处安插。亦各立里长管束，仍复拨与荒田退滩余地，开计亩数，令其耕种耘锄生业。又奏河南、怀庆、陕州等处余粮有见在仓五、七年之上者，奏闻量减时价，粜与陕西、山西饥民并直隶、潼关军，余与河南安插逃民等众，全活亿万民命。于公处置饥流之民，皆得其所，地方果然宁静，家家乐业，皆公抚动之绩也！公一日出巡过城南，忽见旋风骤起，吹得随役之人眼目难开。少刻，卷起一堆冬青树叶，只在公马导前卷来卷去。公暗想曰："此时当盛夏之际，万物正茂，为何有此败叶成堆卷来，此必有异事。"遂令人拾取叶来看时，其叶颇大，因问左右何处有此大冬青树叶。道言未了，旁边闪出一人。此人不知所禀何事。

## 第十一回

### 戮淫僧救全少妇
### 矜老媪规谏贤王

于公因出巡过城南，偶见旋风吹卷冬青叶甚异，遂问左右曰："此叶甚大，其树必大，何处有此大树？"言未毕，旁边一皂隶禀曰："城西南有静果寺，寺前有一株大冬青树，必是此树叶吹来。"公闻此言，遂问离此有多少路。皂隶禀曰："离此有二里路。"公即命人役一齐摆道，径往寺来。果见巍巍一大树，即将此叶比之，相同。公曰："此处必有冤枉。"

早见两个僧人出来迎接。公细观二僧，俱带恶形，即伪问之曰："前日有人告汝二僧谋害人命，埋此树下。"二僧闻言，面如土色，口中虽然抵赖，言语先自謇塞。公虽见僧如此，无有见证，难于动刑。乃即命人在树下四边开掘。掘不二尺，果有一尸，带血喉伤，颈皆勒断，乃僵尸也。公见之，曰："冤哉！冤哉！盛夏而尸不朽坏，岂非冤乎！"心中大怒，喝令将二僧拷掠。二僧不待加刑，即招道："半月之前，晚间见一后生，领着一妇人在此经过。僧等三四人在此乘凉，偶见妇人生得好，遂起谋心，用绳勒死后生，埋此树下。"

公大怒，急令人进内搜捉，又拿住两僧。有一僧跳墙而走，亦被拿住。搜进四房深奥之处，果有两个妇人，一个正是其夫被谋死者。又问此二妇何来，妇人哭诉曰："妾因夫死七日，同一九岁儿来此山中做碗麦饭。众僧见妇人独行，一齐强搂进寺。三日前，说儿子被虎驮去，不知真假。圣爷爷做主。”公闻言大怒，即审为首僧，置之典刑；为徒僧三人问发充军；一烧火道人并幼徒俱释放。将寺中衣服都给予二妇。审得小儿是僧拐去卖与人家，公自捐俸资赎还，俱着亲人领回去讫。将尸另葬于漏泽园中。自此人人皆称公为于青天，于城隍。

于公明鉴如神，虽妇人女子，亦传诵其德政。公一日正坐堂，见一老妇直入厅前，痛哭不止。公问曰：“老妇何事哭泣?”老妇诉曰：“妇人因儿子为事监禁狱中，只得把十岁孙儿卖与人家，要救出儿子，养妇人的老命。卖得身银三两，赶早进城，要付儿子，救他出来。将身银放在饭篮里，送饭与儿子吃，就与他银子使用。走到路中，妇人忽然肚疼起来，只得去东厕上解手，不敢将饭篮放在坑板上，就挂在横梁之上。妇人心忙要去得紧，忘记拿了饭篮。走到半路猛省起来，急急转去寻时，不知何人拿去。如今银没了，孙子卖了，儿子又救不出来，妇人左右是死了。久闻爷爷是青天，活城隍，要与妇人做主，查一查。”诉毕大哭起来，只把头在地上磕得头破血出，两边皂甲哪里喝得住。公曰：“你这妇人，不知人姓名，又不见人踪迹。且旷野之中，又没个见证。东厕之处，又没个邻居。这样没头公事，也来混渎。”那老妇抵死叩头地下，告曰：“爷爷！包龙图曾断七十二件没头公事，爷爷这一庄事断不出?”于公被老妇说了此言，一时奋然起来，叫那老妇：“且起来，待吾与你寻获还汝。”老妇见说，即忙起身，朝上拜了数拜，曰：“好个青天爷爷，寻还了我好。”公仍理别事，老妇见公理别事，半晌不与他寻获，又跪下大哭起来。两边皂甲喝不止。公令不可赶他，存思一会，心中转道，反被这村妇激恼。

公欲差人到县取银三两给与老妇，忽见两个喜鹊，从老妇身边一飞，飞到于公案边一回，又飞去了。公仍理别事，老妇又跪下哭起来。皂甲又喝不住。正闹嚷间，只见二鹊又飞下来，到案桌边噪了一回。于公乃顿悟，暗想曰："吾厅上人役颇多，况平日无燕雀到吾之案下，今二鹊来得甚异。"便问左右曰："此处有人叫喜二否?"两三皂甲齐声禀复道："有个喜二。"公问曰："这喜二作何营生?"皂甲禀道："是赶早卖炊饼的。"那老妇听得说卖炊饼的，他就道："爷爷，妇人转去寻时，路上撞见个卖炊饼的。"公曰："是也。"即叫两个皂甲，吩咐曰："汝可好好唤喜二来见，就令他带炊饼担来，切不可惊吓他。吾在此立等。"

二人唯唯领命，急急来到西门，见了喜二道："于爷唤你。"喜二见说，吃了一惊，心中慌乱，道："公差，我一向本分营生，又不为非，于爷唤我做甚?"二人曰："汝自去见，想必要买你的饼，叫你连担挑来。"喜二见说，愈慌道："都爷少什么吃，要我的炊饼? 公差，我原不叫做喜二。我是姓嵇，排行第二，乡音叫做喜二。想不是我，不要差了。"两个差人见说，焦躁起来道："老爷叫连炊饼担挑来，不是你，是谁?"一边说，一边拽了担便走，轰动若干人看。

于公正在堂上专等，两个差人带喜二进见，惊得喜二声已出不得。于公见了，便问曰："喜二，你无甚罪犯。汝早间曾拾得甚物么?"嵇二闻得此言，心中少定，便道："爷爷，小人早间上东厕，拾得一饭篮，并无别物。"公曰："正是那饭篮，汝曾动么?"嵇二曰："小人不曾动。"公曰："快取来。"老妇人一见嵇二拿这饭篮进来，大喜道："爷爷，正是，正是。"就令当堂开看，果然有银三两在内。公即给还老妇，因问曰："汝儿子为何事监禁，要银使用?"老妇诉道："因欠王府债负，被他嘱县监追完纳。"于公闻言，瞅然不乐，又取自己俸银三两与老妇，差人一同赎还孙儿，一面写牌着该衙门释放老妇之子。用好言发回嵇二，仍给银五钱与嵇二，嵇二叩拜而出。人皆称公神圣。又一日，公出外，至途中见一伙小民，皆被缠索连串缚着，立于道旁。公即命住轿，问曰："这干人为何事的?"众人齐跪下诉曰："是王府较比房钱的。"公曰："止有朝廷命有司比较钱粮，哪有王府比较房钱之理。”公因前日老妇人之子欠王府债负，监禁狱中，有司承奉追比。今又见这许多人受此责限，心中不悦。乃复问众曰：“汝等既赁府中房屋居住，怎不还纳租银，以致如此追比。”众民哭诉曰：“小人安敢少府中房租。但因水旱不均，旱时府中又不肯乘晴修理。若有大雨，家家水满，难以安身。租银若或欠少分文，虽家中鸡鸭之物，亦皆拿去准租。内中总有少一二个月房银，住不得搬了出来，不分多少一概拿去。三日一限追比，实出可怜。望爷爷作主，救拔众人草命。”公闻众言，心甚怜悯，即叫带到院中来。众官校只得带进院来。于公即提笔批云：

丰年谅不少违，歉岁须从权免。晴时收尽众之鸡豚，雨下当不过屋中水满。虽少欠一二月之房金，何必期三五朝而责限。比较尊何国法？搬移任从民便。今宗王若要房钱，等待年丰于谦任满。

于公批毕，即发放众人回去，安心生理；若少欠者，待年熟时完足。众人各个叩谢而出。

公即亲到府中见周王，极言时荒民贫之苦。周王一一听从，自后府中一应债负房钱等项，俱皆蠲免，一以见周王大德，一以见于公惠爱。周王自后常请公赴宴往还，遂出百花园令公赋诗。公迅笔立就百花诗赋，每花题咏一首，文词华丽，脍炙人口。王极尊重，至今珍之。常时开筵畅饮，王亦能赋诗。每相赓和，亦是一代之盛事也。

于公省巡二省，必经太行山过。一日晚间，公过此山，只见前面一伙人，各执枪刀器械，火炬齐明，一齐拥上山来，不知何为。

## 第十二回

# 化盗辨冤真盛德
# 判疑拔吏见无私

于公每巡历二省，从河南抵山西，必由太行山经过。此山连亘数百里，时常有盗贼出入于中。当日公巡历夜行过此山，只见前面火炬齐明，枪刀器械无数，呐喊而来。手下人役远远看见，相顾惊骇，不敢向前。于公见了大声曰：“吾何惧哉！”喝令左右上前。手下人役只得耽着惊恐，聚在一处缓缓前进。那伙盗贼渐渐将近，公乃大声叱曰：“汝众何为者耶？知吾巡抚二省于侍郎否？昔在凶荒，今来稔熟。汝尚敢如此横行，将欲来劫吾耶？将欲自寻死地耶？汝众且听着，吾自莅任以来，莫非有偏私乎？莫非有剥削重敛乎？莫非有贪婪污行乎？莫非有暴虐酷刻乎？莫非有坐视民饥贫而不赈济乎？莫非有鳏寡孤独而失于所养乎？莫非有大兴工作，而役汝劳力乎？莫非有抚驭乖方而激汝为盗乎？数者之中有一于此，汝众当明言吾过，甘受尔等之侮。若其无有，可速散去，即宜改过，学为良民，上不污祖宗之名，下免自己分身之惨，中不留盗贼之名遗臭于后。若仍不悛，苍天不佑，国法难容！”群盗见公威风凛凛，声若洪钟，言词有理，皆感激相顾曰：“果是于爷。我等不敢为非矣。”言讫，尽皆奔散。自后盗贼绝少，亦于公威德服人之一验也。

于公自叱退群凶，从山西巡历到河南省下。多日，有布政司左参议刘孔宗，自持廉洁，一毫不染，与人平素寡合。虽于同僚之中，少有不合，动辄面叱其过，驭手下人役书吏甚严，在任多年，遂为众所排挤。当时有妻兄，不远千里而来，欲图姐夫济助。刘孔宗少少与些盘费，令人逐出境外。其人怀恨，乃佯对众曰：“刘参政是我姐夫，凡事皆重托我，特差人远远接我到此。”谣诱月余，赚得一事，得银百两。假言进内说了，刘姐夫尽允诺矣。事无不谐，其人骗银到手，竟自潜逃。刘孔宗不知其事，依律问放为事之人。其人见事不谐，即央亲人前往，半路拿着骗银之人，遂各处讦告。有平日怪孔宗者，又从而排挤之。其诓银之人，又恨孔宗逐他。事连孔宗夫人，众官交章劾论，于公察知其冤，乃上疏力陈孔宗之冤，孔宗方得无罪。孔宗深感于公之德，其夫人立像，日奉三餐祀公。后孔宗立官为工部侍郎，亦公之疏雪而致之也。

于公一日坐堂，见一后生，告姐夫谋占家产事。公差人拘其姐夫，审问其故。姐夫诉道：“小人怎敢谋占他人家产。岳丈在日，自谓此子非岳丈亲生，有遗嘱令某管其家产，非敢谋占。”公曰：“既有遗嘱，取来吾看。”其人即呈上。公看毕，笑语其人曰：“汝岳翁，有智人也。他当日写遗嘱付汝时，正恐汝害他性命。他的遗嘱写说‘非吾子也’，一句。‘家私田产尽付与女夫’，一句。‘外人并不得争论’。观汝岳丈取此子之名为‘非’，就有主见久矣。岂有自生之子，说非亲生而辱名败门乎！岂有父取子之名为‘非’是美名乎！吾今为汝岳翁点明遗嘱之字句云：‘非’，一句；‘吾子也’，一句；‘家私田产尽付与’，一句；‘女夫外人，并不得争论。’”公断句读毕，遂判七分与其子，三分与女夫，作为抚长管业之事。公复谓其小子曰：“汝父在日，取汝之名为‘非’，乃一时之权词耳。吾今与汝判明家产，‘非’之名不美，吾就与汝改名曰‘衎’。‘衎’者，为世世相承之意。”小子闻言拜谢曰：“以公改父之名，敢不终身佩德！”遂叩谢而出。

此子因公之德，后来读书领贡，荐授凤阳府教官。后于公被诬死，衎上疏明公冤与功，乞加建祠祭祀以报之。此子即储衍也。

于公因院中堂鼓旧损，声音不远，乃令一老吏写牌取鼓。吏持笔半晌，写牌呈上，看之，不中公意。公旁立一小吏，公命写牌，小吏承命。即提笔写云：

巡抚二省都察院于，仰造鼓铺户，速办堂鼓一面。务要紧绷密钉，轻击远闻。置之军中，三挝令敢勇之士先登。悬之省下，一鸣使聚敛之官警退。今欲革故鼎新，尔当用心整饬。送院验中，随给价银。如制不堪，定行究治。

小吏写毕呈上。于公览讫甚喜，遂问小吏何名。禀曰："贾瑀，乃是府中拨来伏侍老爷。"于公见他敏捷，心中有意抬举他。

一日，于公出巡未回。贾瑀见院中屏风上有一幅唐人韩干所画《五马归厩图》甚妙，高处露着一条斗方白纸在上。贾瑀看见笔力甚健，一时乘兴，援笔遂写一诗于上，云：

一日行千里，曾施汗血劳。

不知天厩外，犹有九方皋。

贾瑀题写毕，既而恐惧，欲涂洗又不可。不数日，于公回院，贾瑀伏地请罪。公问其故，贾瑀禀诉其事。公观诗毕，喜曰："汝无罪。不过一时乘兴而作，非有意为之，何罪之有？吾前日见汝能文，今又能诗，可谓小有才者。自后伏侍上司，当小心谨慎，不可造次。"正吩咐间，适值公案桌歪攲。公遂命贾瑀取一木片衬垫平正，其案桌遂不歪攲。公因谓贾瑀曰："汝既能诗，可将衬桌之事为题，作诗一首。"瑀不索纸笔，即口占一诗云：

寸木原因斧削成，每于卑处建功名。

一朝衬进台端下，能与人间定不平。

公闻贾瑀所吟之诗，极口称赞曰："观汝才华若此，不宜久处于下。"遂即收为本院巡吏。后考满进京考中，除官经历。后累官至工部员外，寻升江西参政，与苏州府知府况钟同登三品之职。况钟亦吏员出身，累升至苏州知府。在任十九年，食参政俸。苏州士民仰戴，称为况青天。若贾瑀与况钟，亦可为吏员中杰出者。贾瑀若不遇于公，亦不能甄拔到此。

于公在任年久，遇天旱时，公即诚心祷雨，雨随至。遇年潦久雨，公即虔心祈晴，指日见旭。所以二省人民安阜，盗贼潜消，家家乐业也。不期公之父彦昭病故，公闻报，即日斩衰就道而行。百姓闻之，涕泣固留。公谓百姓曰："为人在世，忠孝为先，安有父丧而不奔回守制者？汝众不必苦留，决不可少住也。"公遂换马单骑，急急奔回守制。百姓随路泣从者千余人，有赴京保留者万余人。朝廷见百姓等苦保，旨下夺情起复。公再三哀祈乞终父丧，诏方许之。二省士庶军民等，合建生祠侍奉，报公之恩。

其时入京官员，俱用在任土宜人事馈送当道。惟于公巡抚十余年，未尝有分毫土宜人事馈送当道并相知者。公丁父忧才阕，不期母夫人刘氏又卒。公复丁母忧。朝廷遣行人汪琰来，钦赐谕祭营葬毕。行人奉旨，迫公还朝复任。公再三乞终丧制，朝廷不允。公复五上表章，恳乞终制，后朝廷方允。不谈于公守制终丧，且谈今日朝廷新命一太监掌理监事。未知此人行事如何，试阅后卷可知。

## 第十三回

# 王振特权诛谏职
# 太后盛怒暂询情

宣德十年驾崩。后正统登极，时正统帝年方八岁。群臣合章祈请命张太后临朝，垂帘听政。朝中有三杨阁老辅佐邦家。一位是江西泰和县人，姓杨名遇，字士奇，号东里，时人称为西杨宰相；第二位乃是湖广石首县人，姓杨名溥，字弘济，号澹庵，居湖广之东，故人称为东杨宰相；第三位乃是福建建安县人，姓杨名荣，字勉仁，号默庵，居闽南，故人称为南杨宰相。总三人而共称之，故曰三杨。三杨阁老秉政，果然国家宁谧。更兼上有张太后仁圣懿明，兼临天下，果皆民安物阜，正舜日尧天之时也。正统年幼，独喜任一中贵人。这中贵人乃是山西大同人氏，姓王名振。自幼奉上旨，拣选进宫。翰林官练习经史，颇通六艺；擅作聪明，能吹弹歌舞；兼有才思机巧，人皆不及。自幼伏侍正统帝，及今帝登位，凡王振所奉皆从，因命掌司礼监事。王振既掌监事，遂作起威福，要人趋附奉承。廷臣少不如意，即传上旨，或谪，或拿问，或调远方，或革职。自此以后，人皆畏惧王振。而振见人附己，所行无不遵依，乃立意发兵收复安南（即交趾也）。永乐年间，三征交南，俱皆臣服，又屡叛屡伏。至于宣德年间又叛，盖朝廷因久劳人民而征远国，遂舍之不伐。此时王振欲立威外国，乃发兵十五万，命定西伯蒋贵充总兵官，兵部尚书王骥提督军务，征安南、木麓、川思、任发（奚名）。连岁兴兵，遂使中国之民困于锋镝。兵连祸结，所费辎粮万万。时有翰林侍读刘球，素怀忠耿。见王振专权，妄起兵端，国家耗费，百姓怨嗟，乃上疏奏劾振。时正统帝年幼，凡奏本皆由王振之手。振见此疏，大怒曰："叵耐这厮无理！汝又非言官，干汝甚事！"遂蓄恨在心，思欲害之。偶值编修董璘自陈愿为太常卿，得以祀神，专主祭祀。王振看见此本，复怒曰："翰林官反越职僭言，朝廷官爵，擅自邀求。轻造诽谤，渎神祈福。"前月刘球本上有"选礼臣以隆祀典"等语，振乘此机会，即矫上旨拿董璘、刘球二人，俱下锦衣狱中。振复与心腹锦衣指挥马顺言曰："董璘之事，尚可恕他。叵耐刘球这厮，劾我妄起兵端，独专大权，要万岁爷爷杀我。汝为我决不可轻放他。"马顺领命，遂重加拷掠，逼令刘球招董璘之事是他主谋。刘球抵死不肯承认。忽一日，王振令人持一纸与马顺，顺即到狱中使捽刘球到一僻静之处，布置刘球。刘公见了恶刑，惊得魂不附体，口中只叫曰："吾今为国去奸，反遭汝等奸邪毒害。吾死之后，旦夕诉于我太祖暨太宗之灵，伸吾冤抑被害之事，明吾忠义报国之心。先擒汝子，后诛汝身！"马顺闻言，遂掤扒其身而死，甚是酷烈。可怜忠义学士刘球，为国除奸，反遭马顺毒害而死。此后人人畏惧，无人敢劾王振。

这刘学士遭马顺之害，一点忠魂不散，径附体在马顺儿子身上，历数马顺之恶。马顺见其附体于子，多请僧道禳解求释。只见其子口中说道："马顺，汝害吾甚酷，吾今已诉知上天，不过七年之间，汝之死日，比吾尤惨酷也。汝今解禳何益，祸不旋踵矣。"言讫，其子口鼻流血，面目皆青肿而死。马顺见儿子被刘公忠魂附体，活捉而死，心中甚惧，悔之莫及。王振闻知，心亦惊恐，遂票旨即放出董璘，赦归田里。王振正令人释放董璘，忽宫中内相到来，传出张太后旨：召王振。振闻召，惊得面如土色，默想曰："此事只我与马顺密为之，张太后安能得知？"正慌惧间，又有内相催促。王振只得忙至宫来，朝见张太皇太后。

太后屡闻得王振弄权，因此亲临别殿。先召大臣杨士奇、张辅、杨溥、夏元吉、蹇义、杨荣、胡濙等，朝见张太后。太后正中端坐，左右女官，皆杂佩刀剑侍立，拥卫东首。时正统帝端立西首直下。英国公张辅同诸大臣皆恭立。张太皇太后一一动问，皆有奖励之词。及问至杨溥，乃叹曰："昔先帝尝称卿忠诚，不意今日得见也。"你道张太皇太后为何出此言？当时洪熙为太子在南京监国时，永乐因汉庶人出征有功，心中甚喜。庶人因其喜，每进谗言，毁谤那洪熙，有夺嫡谋太子位之心。那时杨溥做学士时，苦苦泣谏永乐帝。永乐大怒，遂下溥于狱中十年。溥虽在狱，手不释卷，人讥诮之。溥笑而答曰："朝闻道，夕死可矣。"后来到洪熙登极，即放溥出狱，遂升大学士，兼文渊阁。当日张太皇太后见溥，故有此言称及。张太后顾谓正统曰："此六七臣，皆先朝所简拔，以贻与皇帝者，凡有事必与之议。若非此七臣所赞画者，不可行也。"正统帝唯唯受命。少顷，宣王振至，俯伏阶下。太皇太后一见，颜色顿异，曰："汝伏侍皇帝起居，闻汝行事多不律，今赐汝死。"侍卫女官闻旨，即掣剑欲斩王振。那正统帝忙跪下求免，诸大臣皆再三叩恳。张太皇太后曰："今皇帝年幼，未能周知事务，若留渠用事，日后必误家国矣。我今暂听依皇帝暨先生之言赦振，自后不得与渠干国家大事。"言毕张太皇太后即命驾回内，仍命上赐英国公并诸臣等酒饭。诸公饭毕，乃辞拜上而出。

后宣德崩，张太皇太后将宫中一应玩好之物，不急之务，悉皆罢去。又禁不许差中官出外办事。若差出外，恐其生事。凡有大政事，必先启奏皇太后，太后令付阁下议定施行。每隔数日，必遣中官至阁中查问，连日曾有何事来商榷。辅臣即以帖开某日有某中官以几事来议，如此施行。皇太后乃以所事验之相同，则不究问。设若王振自断，不行阁下议者，必以诏切责之。由是王振不敢为非，终张太皇太后之世也。且不谈张太皇太后之事。且谈于公丁父母之忧，服满起复。当时山西、河南二省士民人等，有千余人，上京恳公复任，旨未下。公朝罢，乃拜访众官。众官俱来拜贺，公一一回拜。于公亦拜谒王振，适值少卿薛瑄亦到振所。各相见礼毕，王振不逊二公之位，乃遽然上坐。于、薛二公即曰："此非礼也。论遵朝廷之礼叙爵，则吾等职品相同；论今日相见之礼，吾等是客，公是主。岂有主坐客位之理乎？"言毕，二公亦高坐于上，不谈言语，茶罢而别。自此王振与于、薛二公不睦。

过十余日后，于公早朝回归，忽见前面大喝四声："行人回避。"于公只道是那郕王谒陵回朝，忙下马回避。随从人说道："非是那郕王驾来，乃是内相王振。"于公闻言，跨马前行观看，果是王振乘着四明车辇，随从人役颇多，犹如驾到一般。于公看见，已是心中忿怒，不期王振跟随人役，倚振之势，大声叱曰："兀那甚官儿！不避俺家王爷。"于公见喝，指着从人叱曰："汝仗谁之势，欲人回避。"正论口之间，王振乘着车辇到来。于公曰："汝有何德能，妄肆尊大，擅敢乘此四明车辇！"两下遂争竞起来，路中过往官员看见，齐来解劝。于公对众曰："昔虞舜曾制此车辇，巡游天下，采访民间利病。恐不能悉知颠连幽隐民情，故制此辇，名曰'四明'。即大典所谓明四目，达四聪之旨。招求四方贤才，采取四方言路，洞烛四方民情。他今妄自尊大，擅乘此车，僭越无礼。汝谓朝中无人乎！谁不识汝妄为之制度乎！吾因汝是皇上宠异之人，不与汝较论。前者拜望，礼也，汝又高坐无礼。今又使从役叱吾下马，汝视人如无物耳！吾岂惧汝哉！"言毕，即将王振车前横轼乱击。众官见于公言词有理，心服其能。遂劝开，各个散讫。王振心中怀忿，欲寻事中伤于公。又思得于谦是前宣德爷爷简任之臣，又惧那太皇太后在上，恐其知道，因此不敢伤害于公。公明日遂上疏劾王振。正统帝览之，欲将于公发锦衣卫责杖，又省曰："此臣乃先帝简拔之臣，若发下去，倘有差失，使朕有杀谏臣之名。"遂留中不发。于公见奏不下，又因父母之变过哀，遂染成一疾，乞休养病，愿以孙元贞、王来二人代巡二省。候明旨不下。原有千余人在京乞公复任的，闻得公乞休养病，众遂往通政司、都察院等衙门，告乞公复任。又晋、周二王，亦各有本保留于谦复任。

王振接着二本，遂与心腹王、毛二人计议。王振曰："叵耐前者于谦当众言吾之过，吾决欲设一计以害之。"王、毛二人忙摇首曰："难害渠。日前于谦因劾汝之过，那万岁爷欲发于谦到锦衣卫责罚，又沉吟半晌曰：'于谦是个好官，况又是我先皇帝简用之臣。朕若一时发他下去，倘有差失，坏朕的名德。'后来因见于谦病本乞休，要以孙元贞、王来替代，故此着吏部知道。此事惟我二人知之。且张太皇太后素知其能，难以害他。况今二省与周、晋二王，并官民人等，俱有保复之本。依我愚见，莫若乘此机会，仍着他前去巡抚二省，免得留在京师，见他动气。若差他前去，众官倒说汝有容人之量。那万岁爷又见你不念旧恶，愈加信任。"王振见二人说得有理，随即依议而行。遂票出旨着吏部降于谦二级，为大理寺少卿，仍差巡抚二省。公闻有旨下，只得带病辞朝而行，时正统十一年三月廿一日也。公辞朝到任后，未知若何。

## 第十四回

# 权珰蒙蔽劝亲征
# 王师败绩于土木

王振见于公远去，心中消释其忿。不期张太皇太后升仙，三杨阁老，俱皆老耄，不能理事。病者病，殂者殂，朝中大权，悉归于王振。振遂肆无忌惮，竟差驿使马云、马清、陈友、李让等三百余人，前往北外太师也先处买马三千匹。

使臣领振差使，径到瓦剌地方，来见太师也先。也先见南朝使臣到，心中甚喜。乃杀牛宰马，大宴使臣，甚是恭敬。又着许多妇女，吹笳弄笛，歌唱队舞。马云等吃得大醉，因乘醉中大声言道："汝这般乱歇、乱舞、乱跳，有甚好看？吾中国有的是美女、美妇、歌舞女乐、笙萧管笛、何等齐整。"也先闻得此言，心中就慕想起来，沉凝半晌。众部长一齐说起中国果有好妇女。其时伯颜与昂克二人，即开口道："俺闻汉时曾有公主许配俺们这里。如今既是两家和好，何不结为姻亲?"众部长闻言，齐声道好，再三言之。马云初时尚未应允，后来一发吃得大醉，就乱言乱语应承。也先闻允，心中大喜，明日遂选良马二千五百匹，诈称三千匹。又多备宝刀、弓箭、骆驼、貂鼠等物朝贡——一来进贡，二来作聘。其马价银缎，一一皆用别物偿之。

马云等辞别也先，带领众军，一齐到京。哪里敢说起婚姻女乐之事，又把也先抵偿马价作聘之物隐过，方敢来见王振。王振即亲自来点视马匹，止有二千五百匹，少了五百匹。虽有骆驼五十匹，不足马数。振乃大怒，遂把这朝贡的人毫无赏赐，又把马价减少，返到四驿馆，大言责备来贡的人。那来人闻言，闷闷不乐，不敢回言，记恨在心，急急回归。

当时也先送马云等同众回南进贡时，即夸示诸多部落，仍禀知脱脱不花可汗道："南朝自遣使臣，来通和好，又许俺们和亲，不日即有好音来也。"诸部落闻知，俱各前来称贺。谁料这些进贡的回来见也先，将事情说了一遍。也先即问起赏赐并婚姻之事。众人齐答道："还要说起赏赐婚姻之话！饶得俺们性命回来，十分之好也。"也先闻言，气得昏倒在地。各部劝起也先。也先大怒，遂与各部誓约，点起众部，并诸处外方人等，共有七十余万，诈称一百万，一齐冲拥到边关。时正统己巳十四年七月初五日也，其日钦天监奏荧惑入南斗。

也先统众到边，大肆劫掠，攻打各关。哨马飞报进京，报道北兵围杨洪于花马池，逼朱谦于瓦子关，败顾兴祖于独石，追石亨于雁门关，大同、宣府诸城堡，俱皆失陷。杀掠人畜万余，各处烽烟竞起。王振闻报，不与众官商仪，力劝今上位亲征，正统帝遂下诏亲征。群臣忽见有旨下，即连章进谏，皆被王振阻遏，不行奏闻。此时灾异屡见，王振竟不省，仍协令上位亲征。

明日又发旨下，将欲就往。众群臣即时至五凤楼前，执章侯谏。王振一见众官，即问曰："众官员至此何为？"众官对曰："特谏止圣驾，不可亲征。"振曰："汝众官不闻澶渊之事乎？"众官对曰："今时与宋时不同。昔契丹无故犯宋兴兵，乃贪兵也。兵法云：'兵贪者败。'且有寇准决其谋，高琼施其勇，故能成功。"振闻众言，反让众曰："宋独有人，吾国岂无人耶？"遂不听众官之言，接了许多谏章，径往内廷而去。

时正统十四年己巳八月初六日，传旨下：着令弟郕王与太监金英、兴安等，留守内都。吏部尚书王直，礼部尚书高谷，都御史王文，学士陈循、商辂、江渊等，皆留守北京。擢监察御史韩雍为右佥都，巡抚江西，取回南直隶巡抚侍郎周忱入朝。取回巡抚河南、山西侍郎于谦入朝。遂命英国公张辅，成国公朱勇为先锋，平乡伯陈怀，都督井源为左右翼，正统乃命王振同户部尚书王佐，兵部尚书邝埜，学士曹鼐、张益等官扈从亲征。当日共点兵五十余万。正出行之际，忽然雷震奉天殿，殿中角梁俱折，栋瓦皆碎。文武百官见此灾异，即合章俟候于午门外谏圣驾。

王振将昨日众官谏章蒙蔽，竟不奏上。今日复见众官列于午门之外，乃一马当先，问曰："今日圣驾已发，汝众官何得再谏?"众官拥住谏阻。王振曰："自祖宗以来，每每亲征，非独今上也。汝等不识时势，安晓兵机!"大喝军士，拥圣驾前行。诸文武大臣，只得匆忙随车驾。

出得都门，连日凄风苦雨，军士慌张。行至大同，闻得敌势甚猖獗，王振遂矫上旨，先差都督井源等二万人马冲阵。不两日，报道井都督兵大败，不知所往。王振闻报，又忙矫传上命，差平乡伯陈怀领二万人马接战。平乡伯领命，遂点人马与敌交锋，身遭五箭，尚犹督战，可怜忠勇都督，终于箭射身亡。此时成国公朱勇连胜二阵，怎奈援兵不至，手下军兵，苦战一日一夜，米粒不曾充腹，兵士纷纷乱窜。朱勇见势已去，大叫曰："吾今为王振所卖，奉命有功，无人应援，乃天数也。今日尽忠报国，死亦无恨。但得人杀出，报知我主上，即速回銮，庶不有失。"顾谓亲兵指挥伍宣曰："汝素忠勇，可拼命杀转，报知我圣上；可急往附近关津回进，不可迟也。"嘱咐毕，大叫一声，自刎而死。

亲兵指挥伍宣见主帅自刎，泣下数行，拼命杀出，果然英勇，当之者死。左冲右突，连杀数十人，身中二十余箭，血污袍铠，死战得脱，奔至皇上营，见王振报曰："朱爷自刎，全军覆没，吾今拼死杀回，可速请圣驾转往近处关进，不然恐有失误。"王振犹自不悟，尚叱伍宣。伍宣大骂曰：

“误国之贼，到此尚蒙蔽耶！”大叫曰：“吾主将尽忠而亡，吾敢不守义报主而死！”连叫数声：“天乎！数乎！”亦自刎而死。营门外众军，遂焚其尸，且箭镞将满一升，诸君皆叹息悲咽。王振犹然蒙蔽不闻。

此时英国公张辅老病卧于军中，闻知此报，身不能起，忙令人代奏，速劝上上急往附近关隘而回，不然恐误大事。王振又阻，竟不报闻。尚书王佐知事不济，只得俯伏于草莽之中，祈请皇上速转。振又矫上旨令退。学士曹鼐等见势急迫，假作书以和为名，速请圣驾转，然后再图别议。振反大言曰：“竖儒不知兵事，阻挠军机。”当有钦天监正彭德清，见王振尚发此言，乃大声斥曰：“象纬示警，决不可复上前去！若有疏虞，致陷乘舆于草莽，谁任其咎。”振尚欲遣将交战。曹鼐曰：“臣子固不足惜，但主上系天下安危，岂可轻进。”振又曰：“倘有此，亦天命也。”会日暮，有黑云如伞，营中人畜皆惊。

次日车驾至土木。王振有辎车千余辆，在后未至，因此稽留等待，遂驻兵于土木。十四日欲行，而敌已四围合拥。见我兵势亦盛，不敢轻进。不料我军屯营之处，水草全无，军士不得食，马驮不得料。众军饥渴，连掘三四十处，皆掘三四丈深，不见一毫水泉。众军见无水泉，尽皆慌乱，遏止不定。王振忙令移营。敌人见我军乱窜，遂仗铁骑，一齐冲杀过来。我军势不能当，一时大败。但见尸横遍野，血染黄沙。此时将士虽欲奋勇，奈两日饥渴，力不能支。损害雄兵五十余万，皆王振一人所致也。大臣死者，尚书邝埜、王佐，英国公张辅，学士曹鼐、张益等，皆被难，后人只收得衣冠归葬。王振亦被乱兵杀死。正统见文武将官及王振俱已遭害，上有亲随四五百人，皆非猛将强兵，乃慌忙下辇，坐于高岗大石之上，亲兵俱围绕其下。不多时，只见两员敌将，飞马奔上岗来，杀开亲兵，竟冲到上前。众亲兵俱皆惊散。未知如何。

# 第十五回

## 正统蒙尘北地
## 于谦扶掖朝纲

正统十四年八月十五日，当时诸文武大臣，只说扈车驾巡边，整饬边务，不料王振强协诸将对敌，故逢此难。时正统亲见百官并王振被害，即忙下辇，坐于高岗大石之上。此时尚有兵绕护，忽见二员敌将奔上岗来，杀散亲兵，一个提刀望上身劈来，上将身一闪，那刀早砍在石高处，只见石上火光冲起丈余。那将吃了一惊，即收住刀，慌问主上道："汝是何人?"上不解他问的言语，不慌不忙，反问那两将曰："汝莫不是也先乎？汝莫不是伯颜乎？汝莫不是赛刊王、大同王乎?"那两将见问，大惊异，即奔下岗来，报与也先。半路中正遇着伯颜带人马冲来。二将便道："俺们在前面高岗上，见一人穿的、带的，与众不同。俺用刀砍去，不能伤犯，反砍在石上，那石冲起火光，约有丈余。因此俺就不敢伤犯，特来报与太师知道。"伯颜闻说，心亦骇异，道："莫不是中国天子么？汝且休去报与太师，俺与汝同去看个实落方报。"伯颜领了众兵，一齐复来。果然见上坐于大石之上，端然不动，亦无惧怯。伯颜见了，惊喜不尽，道："看此人衣服异常，行动非凡，想必是中国天子也。"内中又有放箭射的，其箭射到上面前时，齐齐倒插在面前地上，如猬毛相似，一箭不能伤犯。伯颜见了此异，大喝道："不许放箭!"众兵见此神异，亦不敢放箭，因说："我们前月拿得南朝一个太监喜宁在此，他今顺了俺们，何不带他同去，必然认得。”遂通知也先。那正统见伯颜与众兵去了，止有校尉袁彬在死尸里逃得性命，一见了上。放声大哭，奏曰：“我万岁爷爷为何亲自到此。”上乃问曰：“汝是何人?”袁彬答曰：“奴婢是校尉袁彬也。”上曰：“汝是校尉，不须啼哭也。汝不可说是校尉，只说是随车驾来的指挥。”言未毕，只见伯颜带领喜宁，一齐拥到。喜宁把脸望上一看，忙对伯颜等道：“此正是俺国天子。”伯颜闻说，一齐罗拜。扶上坐马而行，一径拥到也先营来。

也先一见上到来，与众头目个个合掌朝天数次，道：“中国天子，在云端里坐。今日天赐俺们一会。”当日瓦剌、脱欢、可汗闻知，一齐俱到。不半日之间，四下附近国王将帅，纷纷集至，遮得瞒天黑地，都来观看。也先忙令宰杀牛马，并羊鹿野味数千只，作庆贺筵席，大家畅饮。也先乃制一宽大牛皮宝帐，甚是奇丽，奉与主上为行营。此时内有袁彬、哈铭（上指挥与袁彬同寻到上者）伏侍，外有高盘、蒋信、刘浦光、沙狐狸等护从。也先即将亲妹进与主上，侍奉枕席。主上即用好言对也先曰：“朕承太师厚意，待朕归国，那时多差官将聘娶令妹。朕是一朝人主，今若与令妹野合，可不轻了太师，使后人谈太师过失!”也先复进美女六人。主上又曰：“待朕归国取令妹时，即将此六女为媵从，庶不亵了太师令妹。”也先见说，愈加恭敬。

且谈土木有逃生得命的军将官员，皆蓬头赤脚，逾山越谷。或有中箭扶疮坏足者，奔到各关，喊叫开关。各边守关人，看见自家官军，火速开关放进，问其消息。众人一齐恸哭曰：“五十余万人马尽皆战没。今圣上不知何处。我等逃得性命回来报知。”守关军将闻言，尽皆号泣，震动边民，飞马报进京师。都中文武百官，军民人等，尽皆恸哭，若丧考妣，慌慌乱乱，不知所为。群臣请奉太后临朝，请皇太子权朝。时太后遂降懿旨，即命郕王监国。郕王虽承奉懿旨，尚犹豫不肯出朝来。太后惶惶，问内使诸人曰：“若朝中有人能安宁家国者，重加爵赏。”当有太监兴安启奏曰：“臣婢保举一人，此人可宁家国。”太后忙问曰：“汝今保举何人，能定国家大难？”兴安奏曰：“臣婢所保之人，就是先年扈从我宣德万岁爷爷驾征，当殿叱汉庶人的臣子于谦便是。”那太后闻奏，喜曰：“此臣今在何处？”兴安奏曰：“于谦虽巡抚河南、山西二省，前月我万岁爷有旨，着他回部理事，此时该到。”

太后闻奏，速发懿旨三道，连路命人召回擢用。于谦是七月二十三日闻有旨召回京听用，又闻得说朝廷被王振勒劝亲征，谦顿足曰：“吾常虑王振当权，必误国家大事，今果然矣！此行必然不利，想我祖宗时，士马精强，将相智勇，故可亲征驭敌，威镇边方。此时承平日久，民不知兵，况兼将帅不经战阵，如何可去亲征？必坏大事！幸有圣旨来召吾，吾当速行。”即日单骑出省，各官俱送不及。百姓闻知，拥住马前，苦苦挽留。于公曰：“吾非不欲在此，奈今主上亲征，此行必有疏虞。今见君父之难，决不可留！”百姓闻言，个个洒泪。于公不顾百姓，飞马星夜奔至京师西安门。早已有太后使臣迎着于公。公闻诏，即大哭飞奔入朝。此时群臣俱在廷放声大恸。太后亦垂帘下泪。于谦忙率多官上前奏曰：“臣等誓当迎复我主上归国，但国家不可一日无君。今太后宜速降懿旨，立皇太子为太子，宣郕王上殿，令其辅国。庶社稷有人，国家不摇动矣！”太后闻奏降诏，即立皇太子为太子，年方二岁。仍命郕王为辅，代总国政，辅安天下。维时太后宣郕王。众官亦各上表，请郕王上殿监国。郕王上殿，太后乃退朝。

于谦即令殿头鸿胪等官，鸣钟击鼓，聚集文武远近臣僚，大小官员，纷纷集于阙下。时于谦、王直、陈循、高谷、王文、胡濙等官，请郕王上殿，左侧就座。令殿头官设仪，鸿胪官喝班，锦衣卫官大排仪仗，照班朝参。正分班行礼之际，只见锦衣卫都指挥马顺从旁大声扬言曰：“今上位事情未知何如，汝众官岂可胡乱行事？”即时分散仪仗，殿中沸喧大乱。给事中王竑见马顺呵散朝仪侍卫，心内忠愤不平，厉声大骂曰：“马顺逆贼！平昔助王振为恶，祸延生灵，倾危家国。今日至此，尚兀弄舌，分散仪从，紊乱朝纲，真奸党也！吾闻乱臣贼子，人人得而诛之！”王竑口中骂说，一手即捽住马顺衣襟，一手即劈面一拳打去。众官见王竑忠义激发，一齐忿怒，争其殴打，乱拳乱脚。顷刻间，只见马顺满襟血污，眼珠突出，脑浆涂地，死于殿廷之下。后人观此，足见刘学士忠魂附子之言，不差年月。

随又索取王振心腹王、毛二人。宫中秘匿不肯发出。众官见不肯发二人出来，仍又喧乱不止，无复朝仪。郕王复见众喧哗不止，心亦惊疑，即欲回宫者数次。于谦一见，急忙上前一手拽住郕王袍袖，叩请西向侧坐。王尚心疑未坐，于谦复上前扶掖请王端坐。王方坐定，于谦大声言曰：“众官今日虽为忠义激发，然在朝廷上，岂宜如此喧乱？马顺奸臣误国，打死勿论！”

众官虽闻此言，见内廷不发王、毛二人，仍复喧乱不息。郕王见喧乱，又欲回宫。谦复前奏曰：“今殿下若不发二人出来，恐诸臣忿忿不已，非安国家之计也。殿下命内中速发二人，为宗庙社稷之计。”王方允奏，不得已传王旨。内廷发出二人，王即命金瓜武士登时击死于廷。于公忙掣武士金瓜在手，大声宣言曰：“今附党奸邪俱皆打死，众臣各宜就班。如再喧哗者，殿下以王、毛二人为例。”众官闻言，方才依次就列。群臣皆相向恸哭，声震殿廷。

于公又奏请郕王宣即降谕，俯慰群臣。公复传王口旨曰：“王振奸臣误国，启太后处，候降旨施行。”郕王即差都御史陈镒，带领五城兵马后军都督，抄没王振家产。于公复请王左坐受群臣朝拜，公令鸣钟击鼓，仍排班喝礼，群臣拜舞，口称千岁。拜舞毕，于公复上前泣奏曰：“北敌不道，气满志盈，将有长驱深入之势，不可不预为备计。”即于郕王面前谋画。郕王见公能为，听其区画。公遂传王令旨，着都督孙镗、范广、孙安、雷通、能义、柳溥、卫颖、张軏等守护京师，勿违节制。又启奏乞赦杨洪、石亨罪犯。郕王允奏。

又传令旨，差杨洪等紧守宣府，勿与浪战。仍差杨洪之子杨俊充游击将军，率军兵并口外归顺人等，前往涿州、保定、真定、沧州、河间等处，往来巡哨，但见我国遭伤军兵，即令收抚，不可弃散。又传令旨飞符，着九边将帅许贵、刘安等紧守城堡，勿与浪战。又传令旨差回石亨同杨宁、王通等守护京师。又着石彪领游击等兵延城防守，以防不测。又宣令旨，着金英、兴安、怀恩等忠良内相，防守内城。郕王见公一一区画，皆是定国定边要略，知人善任之谋，心中始安。百官见公外攘内静，处画得宜，遣将发兵，谋猷绝胜，皆暗暗称羡，俱先辞朝而出。郕王独留于公在殿，公复请令旨飞檄，于紧要关津边镇出处，选能行快手飞骑急赴边镇，着将士依令而行。郕王亲见于公谋画，心中甚喜，回宫。仍着内使十二人张巨烛送公出朝。

于公从五鼓进朝，直至一鼓方出。左右见公袍袖，皆星星碎落。公从左掖门出，此时吏部尚书王直与多官为国忧心，尚在午门外候公动作。一见公出，王直同众官即拱手曰：“今日之事，变起仓促。赖公镇定，天下幸甚。”于公逊谢不敢当。遂别众官，即在朝房假寐。

未及五更，太后深知公能，且人望所属，即升于谦为兵部尚书，兼支二俸。公于早朝固辞尚书职，太后内旨不允，郕王亦不允辞。公只得就职谢恩。公上前奏曰：“今日銮舆未返，大敌随至。若前日扈从失律者，及坐视君父之难者，一概宽宥，则他日谁肯披坚执锐，冲锋冒敌？况陷君父于边廷，委生灵于丘壑！乞令法司议罪，庶几鼓舞人心，激励将士！”郕王嘉纳其言，于是令官查勘将士人等。失机者六名；见敌退避，不行救援者十名；临阵逃回者二十余名。于公一一检视明白，即启奏曰："赏罚必行，后能破敌。敌锋若挫，则仇可复，銮舆可返矣。"郕王允奏。公辞朝出回部，正思一救回銮舆之策，早有人飞报进部，禀道："有部官在彼营中得脱而回。"于公见报，忙出部趋朝来看。不知此官是谁。

## 第十六回

# 景泰帝勉从登极
# 于尚书用计破兵

于公正回部料理兵务，设谋救车驾回京，忽闻人报，忙至午门看时，乃是本部员外项忠，户部主事李贤。二公把眠车裹着，卧病在内。于公忙揭帘看时，相与恸哭。公问曰：“二位扈圣驾北行，何计得脱回来？今主上在于何处，二位必知端的。”项、李二公大泣，答曰：“吾二人与众官扈驾，直至狼山土木地方，扎营三日，军士无水，饥渴特甚。王振无谋，慌令移营，欲就有水草之处。军士乱动，不能止遏。不料彼兵用铁骑冲杀过来。军将饥馁，不能抵敌，皆为残害。邝大人、曹大人，吾目见被马冲倒。而吾二人乘乱伏于深草野之中。半日，忽见众兵拥着了圣上而去。吾等欲出夺救，奈无寸刃在身，只得咽呜泣下。此时未知何如。”

于公闻言，放声大哭。众官一齐拥到，亦皆大泣，俱问项、李如何得脱回京。二公答曰：“吾二人日只伏于深草茸蟚之中，摘些嫩草充饥。夜则望月而走，五日五夜，行得足破皮穿，方能到得宣府。及至宣府，又恐守关军兵不能认识，打下矢石，遂将身上衣服照耀。守城军兵方才放下篾箩，升到城上，着人用眠车护送到京。”言罢，泪如雨下。曰：“只因王振一人，致使我主上蒙尘，折将损兵，遭此大变，误国至此。可急设计，救返銮舆。自古国不可一日无君，今已七日矣。”于公闻言，泣奏太后曰：“今士庶慌惶，莫知有主。倘有不测，其如宗庙何？乞太后念社稷为重，早定大计，以安社稷，以慰群黎，天下幸甚。”太后不允所奏。

明日，阁下陈循、高谷，尚书王直、于谦、胡濙，又率百官伏阙启奏。太后垂帘，群臣奏曰：“今皇上实为生民亲征，不意蒙尘。臣等虽奋死前驱，必欲救君父返国。奈路遥兵战，率难以顷刻回銮。而国家岂可久虚君位，乞太后圣虑思之，或立太子以临群庶，或命郕王以辅嗣君。伏乞早建大计，早慰生民。”太后见群臣如此，乃遣太监金英传太后旨云：“皇太子幼冲，未能遽理万机。郕王年长，是宣宗皇帝亲子，宜嗣大统，以安家国。”旨下，众官见时方多事，国有长君，社稷之福。于是群臣交章劝进，宜早登大宝。郕王固辞再三不出，太后复降旨让王。郕王不得已，乃尊太后旨，遂即位。遥尊正统为太上皇帝，尊皇太后孙氏为上圣皇太后，尊生母吴氏为皇太后，册封汪氏为皇后，追封英国公张辅为定兴王，谥忠烈。改明年为景泰元年。

景帝于是月二十二日登极，遂传旨云：“朕无一德，汝诸大臣列侯勋戚，并军民人等，共推戴朕为君，奉太皇太后命奉祀庙社。谨以是诏布告中外。”是日，陈循、于谦等率文武群臣，各个山呼拜舞朝贺。于是朝纲始肃，法令始行，天下始知有君矣。

景帝坐朝，受群臣朝贺毕。于公即上前启奏曰：“北敌不道，犯我边疆，遮留太上皇帝。彼既得志，必将长驱深入，不可不预为备计。迩者各营精锐之兵，尽拣随征军资、器械，十不存一。宜急遣官分头招募官军，起集附近民夫更替，回漕运之众军，令其操练听用。又令工部齐集物料，内外局厂，昼夜并工，造成攻战器具。今户部尚书周忱，谋虑深长，善彩众论，征输未有愆期，贡赋未尝稽欠。此正危急之时，乞令周忱兼理二部事务，则军需有备，器具易成。”奏上，景帝嘉纳，一一施行。遂改周忱为工部尚书，兼支二俸。

于公复奏曰："京城九门，最为紧要。向者宣府、大同等处，尚为扞蔽，今已残没，敌可竟犯京畿。前日虽着孙镗、范广等将帅领军守护，还宜急取石亨、柳溥为总帅，列营操练，耀武扬威，使敌闻知，不敢轻进。亦乞遣能干忠义给事中、御史等官，若王竑、叶盛、程信、杨善等，分头巡视，勿令疏虞。"复请旨，令各城门外居民，倘被贼迫胁从顺，则贼势愈众，不可复散。宜即令五城兵马排门晓谕，迁移进城，各听随便居住，勿为敌人所掠。

又奏各边等处曾经兵马往来、剽掠残毁者，亦乞差忠勇能干将帅抚臣，前往守镇安抚。遂保奏副都御史罗通，前往平阳等处巡抚。恐彼处居民被寇抄掠荼毒，中原因而不安，仍保奏轩、年富、罗亨信等，前往大同、宣府、雁门等处巡抚。又请敕参将颜彪、魏中，俱令策应白洋、易州、紫荆、倒马等关并口外，相机巡剿。又奏差都督同知杜忠，参议叶清，前往偏头等关守备。

又请敕都指挥石端、王信、张智等，前往大宁、真定等处把守。仍请敕都督佥事董斌、刘深、徐亨、王祯等，前往石龙、李家庄、云川、永宁、怀来等处，分头把守。又请敕都指挥王虹、王敬、沈奂等，前往涿鹿、茂山等卫把守。仍各请旨谕云："以今日国家之事，必须和睦将士，安宁众庶，固守城池，整束人马，互相应接，不可坐视。如有一切关隘、楼橹、城墙、墩台、濠堑，倘有毁坏淤塞，务要挑筑高深坚固，无得坐视怠忽，虚应故事。如违，定以军法，绝不少贷。"于公又奏曰："前日临阵，见危授命，死于王事者，宜加褒谥，赏恤其后，以劝将来。察其临阵逃回，不肯上前对敌，坐事君父之难不救者，并误失军机者，乞请陛下一一查明，严加诛罚，以警将来。凡一切军旅之事，臣请一一身任之。如其不效，乞治臣罪。"景泰帝前见于公仓促定变，整肃朝纲，今又见其奏议详明，安边要略，心中大喜，曰："卿之所奏，皆是为国嘉猷嘉谋，任人得所。悉依奏施行。”

于公在殿奏事，正欲辞朝而出，只见诸多内臣，纷纷奔至殿中奏曰：“今贼兵数十万，乘胜拥来，将至京都，势不可当。百姓慌慌逃窜不止。伏乞我万岁爷速遣能事官员，英雄将帅，以救国家之难，以拯百姓之危。”时景帝闻报大惊，未发玉音。于公忙上前奏曰：“今陛下勿忧，臣适才所奏，伏乞陛下，容臣调度。”景泰帝闻奏，大喜曰：“非卿莫能料理，凡一应兵机军务，悉从卿相机调度。”众官亦皆力赞于公。

公即辞朝而出，径到通州坝上。有寮属忙谏问曰：“今敌兵氏驱将至京城，为何先到通州？此乃不固其本，而防其末也。”公答曰：“诸君只知其一，不知其二。今敌人倾国长驱而来，人无粮食，马无草料，必先趋通州剽掠人畜粮草，以为久困吾邦之计。吾若不先去料理处分，必为所据夺矣。”

言罢，火速催人亲到通州等处，查视仓廒，果然粮食甚多。于公急出示晓谕军民并从军家族人等，即令搬移京城驻扎。仍晓谕从军家族，即将仓粮预与关支。准作数月之粮。随人多寡分支，使军民一举两得。从军家属，照数多给三四个月之粮。附近居民贫穷者，亦各给与，令其速搬京师避难。如此分给，尚有盈余。公即时令人纵火，悉皆焚之。旁有众曰：“仓粮刍草，乃国家养民之本。况民以食为天，今敌未至，何故悉令焚之？此事关系甚大，不宜造次。”公即温言答曰：“吾岂不知，奈事有经权。即今从行，并守护各关军马万万，而通州粮草，堆积贯朽。今吾尽与关支，使向日扈从阵亡之家得食，一以慰死者之魂；一以全生者之命。而今守护边方之族，亦得以饱喂于家，令其各无挂念。且预与兵粮，军兵得多月食，人心坚守。今敌长驱星速而来，此地粮草又多，一时搬运不及，纵可搬运，岂不劳人损力乎？且大敌随至，而劳人费力，安能使其奋勇？则粮草皆敌人之物也，敌若得之，则人得食，马得草，足以资用，久困吾邦矣。以方张之势，困饥馁之民，其为祸岂浅显哉！吾今用坚壁清野之计，烧尽刍粮，收括人民，使彼进无所掠，退无所据，岂能久居乎？”众属闻言，咸称曰：“我朝廷有福，实生我公，公真社稷之臣也！”公谢不敢当。

于公正焚刍粮之际，飞马报道：“敌兵来也！”公闻报，即令诸将：“谨守关门，勿与浪战，且避其锋。兵法云：‘避其锐者，击其惰。’吾自有计，切勿与战。”嘱令已毕，乃曰：“此处无足虑也，吾当速回调度。”众又问曰：“公何疾来疾去之速也？”公答曰：“今寇兵到此，无所掳掠。吾急回调度，必挫其锐，使彼知吾国有人，必然悔惧，则上皇归国有日矣。”言毕，即转回京。

敌兵果至通州，见烟焰冲天，粮草尽焚，人畜毫无所掠。也先在马上啮指，谓其下曰：“南朝可谓有人，俺们切勿轻进。”刊赛王即答道：“俺们既已到此，难以久留，不若直趋京城，看他臣子如何？”也先依言，即领人马迳奔京师而来。此时于公早先到京城，正遇见石亨。亨二十年间屡功封为总兵。公见亨甚喜，曰：“想二十年前旅店相逢，兰古春之相，真神鉴也。”石亨致谢曰：“蒙公见拔，盛情多矣！”公拂然答曰：“吾为国荐贤，何以致谢！”亨有惭色。日前因为正统蒙尘，亨不救君父之难被劾，逮至京来。公以亨威勇，遂荐石亨、杨洪、柳溥三人可用，朝廷允奏。更加升石亨为正总兵，提督京城九门。当时石亨曾与公计议，欲尽起京城军兵，前至通州接战；又欲分兵前往大同、宣府、紫荆等关，抄掠敌后。公曰：“石总戎所谋虽善，目下危急之时，敌势猖獗，若尽将京城军兵，一齐差发出外，其势必分。分则势孤，势孤则难应敌。倘彼觇知我国中虚实，不去四散功劫，迳直长驱突至，此时欲掣回人马，急切不能。在京军民，正是惶惶之际，内无固守，外无援兵，非万全之计也。”石亨固请必欲掣兵出外，庶不惊扰今上与百姓。两下相持已久，公厉声曰：“今国家存亡大事，在此一举，岂因汝一人之偏见，误国家之大事！”遂叱退石亨。亨忿忿而退，成仇之心，在此而起。

公即提兵出城，身先士卒，躬擐甲胄，整顿人马，背城扎起九个大营，分布九门。令有威望谋略文官王竑、叶盛、程信、杨善等总之。仍开德胜门，谕众曰："汝等受国家厚恩，当以死报效。为人最难得者'忠义'二字，惟国家有难，方显忠臣、孝子、烈士之人。今事机急迫，不可有一毫差错，倘有差错，祸患立至。且贼长驱而来，不劫惊，则杀戮。与其遭彼之害，宁可对敌而亡，总是一死，不如尽忠而死也。生则成功有赏爵，死亦扬名于后世。"众军闻谕，人人感激，皆愿奋死以报效朝廷。时激谕方毕，也先假意送还上皇归国，遂长驱直前，四散攻突。我军严整，坚不为动。敌人知吾国有备，稍稍引去。

第三日，也先复领大队人马至城下，对营亦安下一大营。此时我上皇亦在也先营中。也先见我军雄威严肃，不敢加兵。我军亦不轻发一矢。时有喜宁因降也先，反唆也先邀我人民六七人出城，过阵前，以奏迎太上銮驾还宫为名，飞骑报进殿廷。

景帝遂问群臣，群臣画议不一。当有中书舍人赵荣挺身出班奏曰："臣闻主忧臣辱，主辱臣死。今太上皇陷在边廷，未知真实。臣愿往彼营中，察其动静，死亦何恨！"群臣闻奏莫不叹羡。当有阁老高谷壮其忠勇之志，即解所围玉带与之。通政司参议王复，亦愿同往。

朝廷即加王复为礼部侍郎，赵荣为鸿胪正卿，遣去彼营。皆排列露刃，夹之而行。王复、赵荣厉声叱曰："汝等不得无礼，自古两国和好，必有来使，以通其意。今汝等胁吾、吓吾，吾等岂畏死者！"也先见王、赵叱众之言，即令收刃。遂问二人："汝是何官?"王、赵答曰："吾乃鸿胪正卿赵荣，侍郎王复。"也先道："尔等小官，未可议和。可令于谦、王直、胡濙、石亨、杨洪等，前来议和。"赵荣大声答曰："吾国大臣，岂肯轻来者！只因奸臣王振，诱我那太上皇帝，说边上有好风景，因劝我太上巡边玩景，所以百官扈从来此。不料与汝对敌，以致太上淹留汝处。今新君即位，号令严明，百姓无不忿怒。且四下勤王之兵，动以万万，不日捣汝巢窟，迎复太上也。吾今承命到此，待吾朝见太上，回奏新君，那时差官迎回太上，重加赏赐太师，庶不失两国之好。吾众大臣岂与汝轻见哉！”也先见赵荣语言不逊，恐见上皇于军中，透露声息，遂不令荣等见上皇，令人逐二人于营外。又使人邀求金帛缎匹万万计。

景泰见荣、复二人已回，乃命礼部官至军前，来问于公方略。于公复奏曰：“今日于谦知有军旅之事，他非所敢计。”乃令人代奏，力言和议之不可听。景泰闻奏，遂不复遣官去议和。而下对垒七日，敌亦计穷，只得渐渐退去。公乃潜地令人觇知敌移太上驾远，乃率都督范广等，发神机铳炮打攻，箭弩齐发，敌兵死于炮铳之下者数千。也先不得停留，连夜遁走，仍邀太上驾去。我军奋欲追击，于公急传号令：“不许轻追，恐伤太上！”止令追之境外。果然鞭敲金镫响，人唱凯歌回，大胜归城。京城军民人等，皆焚香迎接于公进城。未知后事如何。

## 第十七回

# 涂珵首倡南迁
# 于谦力争北守

于公当时泣励三军，军心感激，勇增百倍，杀退也先。也先连夜遁回沙漠。于公率得胜军兵回朝。众多士民，尽皆欣仰。寮彩亦赞公曰：“观公今日事业，虽宋之李纲，未能及也!”公闻赞言即曰：“四郊多垒，卿大夫耻之。今敌逼城下，但不与盟，幸耳。何敢比李纲乎!”当日朝廷论功，特加少保兼总督军务，公固辞不肯受职。后朝廷再三慰谕，公面辞奏曰：“臣微有犬马之劳，感蒙圣主恩，遽受显职，臣断不敢当的!”景泰不允所奏，仍慰谕之，公不得已受职。便启奏曰：“今敌兵虽然退去，太上拘留在彼，他日必仍假送，以和为名，自有无厌之求。从之，则削我国脂膏；违之，则速其变扰。此理之与势，必不可和也。为今之计，莫若遣将练兵，养威蓄锐。倘彼再犯顺，我即声罪致讨，无有不胜矣。”景帝深嘉纳之。公日则入朝奏事，夜则宿处朝房；出则经画军务，进则防豫事机。时值边境汹汹，讹言不绝。公见京城百姓惶惶，一日四五次惊恐不定。诽诽谣言，公闻民谣，心甚不安，曰：“若如此，则国本动摇，非安社稷之事。”即令后军都督、五城兵马等官，鸣锣晓谕，不许谣言，如违斩首，决不轻恕。民闻禁示，方始宁静。公将紧要事渐渐安辑。不期十月初一日，飞马忽报：“也先拥了太上皇帝从紫荆关来送驾，将近京师。其势甚盛!”也先自从被大兵杀败之后，仍收集各路人马。喜宁见齐集人马，忙上前来唆也先道："太师这里可假送他上皇归国为名，俺们从各关去，将他上皇当先，在前遮避。关上有人看守者，见是他上皇在前，哪敢将炮铳箭石施放？那时任俺们掳掠，又好索取金帛。"也先见说大喜，道："此计甚妙。"遂依计而行。果将这上皇拥在前面，迳投紫荆关而来。守关军将看见了上皇在前，都不敢施放铳箭。那上皇拥至城下，差人叫守城官军将帅出来相见，要金帛一万，犒赏也先部下头目。城上都督等官见太上召谕，遂开关相见。正开关之际，喜宁等一齐拥进。众官见势不好，便忙叫闭关。早有都指挥韩清进门不及，反被射死。又掠去男女数百。边上人民一齐喊哭，震动京师。

京城人民慌慌乱乱，昼夜不宁。时有侍讲徐珵（即是苏州人，前与于公同馆者）见此声息，忙令家人搬移家小，往南回家。当有相知者，问徐珵缘由。徐珵答曰："吾观天象，前者荧惑进南斗，致有此大变。今又见贼势猖獗，则知为祸不小。若留家眷在此，必遭掳掠之害。"京城军兵闻此言，更加慌乱，昼夜奔驰潜躲者，不计其数。又有内相传进宫中，宫中闻言，亦治装将起程。景帝闻知，即忙上殿宣问群臣可否。早有徐珵向前奏曰："臣夜观天象，察今大势，非迁南京不可。如其不然，恐有不测之祸矣。"景帝闻奏迟疑半晌。时有二三大臣，复助徐珵之言为是。景泰帝惶惑，不知所出，动摇六宫。徐珵复大声言曰："除是南迁，方可免祸。"于时群意汹汹，俱办南迁之计。宫中尽收拾金宝珠玉，细软之物，取车数千辆，欲载资装而出。

此时于公巡边才回，只见军民搬移不一，又见宫中车辇，已发数百余辆，在于午门之外。公大惊，询问此事，慌进殿廷奏事。景泰帝闻得公回，即御便殿询问可否。公忙奏曰："谁为我陛下画此南迁之谋，可斩此人，以安宫廷，以定民志，然后出师对敌。"因而恸哭于廷，抗声言曰："京师乃天下之根本，山陵社稷在此，百官万姓资蓄在此，帑藏仓储在此，六宫辎重在此。今不守此，将欲何为？若一迁都，则大事去矣。昔宋高宗南渡之事可鉴也！若京城一失，则敌兵长驱而入，虽山之东西，河之南北，非复国家有也。”那时景泰闻奏，顿然开悟。当有内相金英、兴安、怀恩等，亦赞公言。皆称曰：“朝廷有福，赖有此人，实我国家砥柱之臣。”于是诸臣始有固志，不敢再举南迁之议。徐珵闻知，深憾于公。惟有朝廷与六宫，得于公力阻南迁之非，得英、安、恩等以固坚帝志，稍稍宁息。

奈百姓纷纷动摇，搬移不止。于公思曰：“民为邦本。今国本摇动，如何是好？”实时保差都御史赵荣（即前使敌营者，帝嘉其志升职）、罗守信二人，亲自管守九门，不许百姓搬移乱动，如违者，斩首示众。赵、罗二公，平日忠信素着于百姓，故于公保二公看守京城，又多方晓谕百姓。众百姓见二公忠诚不欺，又见于公威令必行，朝野有法，民心始定，不敢搬移。于公见内事稍宁，即遣诸将仍照前出城屯营，严整队伍，守护京城。复传号令云：“若见敌兵前来冲突，切不可乱动。但见中军麾动大纛黄旗，听连声子母炮响，一齐攻杀，闻金即止，不可有违。违者定按军法。”众官将等得令，各个准备。于公仍身先士卒而出，又见敌拥太上在前，蜂拥而来，声声喊道：“送驾还朝。”于公忙传令，令百姓人等，俱在城上遥声答曰：“我国已立君矣。”

喜宁与众敌对城上人道：“皇帝在此，何得乱言？”于公又忙令军民答曰：“岂不闻社稷为重，我国已立君多日矣。”各城皆如此回答。也先闻言，盛气少沮。于公在将台之上，见敌势少衰，即令右边白旗队里摇旗呐喊，声声大叫：“快留下太上皇帝车驾！”喊声齐举。也先闻喊声甚急，慌移太上马转。公见马转，急令麾动中军黄旗，放起连珠子母炮来。各军将见旗动炮响，一齐奋为攻杀。铳炮之声，震动山岳。也先见我军凶勇，慌忙奔走，已打死甚多。追赶数里，于公急令鸣金。众将闻金，即忙收转。问曰：“小将等正好追杀，何故令某等收军？”公答曰：“诸君岂不闻投鼠当忌器，且胜未足雪耻。万一穷追不胜，所损实多，况上皇在营中，今奋力追杀，果能救回銮舆，实乃国家万全之幸。倘穷迫不及，反迫君父于危亡之地，岂臣子之心哉？所以收军者，不得不慎也。且宜保全宗社，然后徐用计谋，救回太上，庶尽臣子之心。”众将叹服称善。景帝闻知大喜，赐于公盔甲一副，蟒衣一套，玉带一条，金顶黄罗伞一柄，令其出入张盖，以示有功。

于公谢恩毕，复上前启奏曰：“前者上皇亲征，虽云天数，亦人力之萎靡。有见阵而退缩者；有见敌势凶獗而逃遁者，有坐失军机者；有逗留不进者；有观望不行救援者；以致太上有蒙尘之难。伏乞一一查勘。有功者，授之爵赏；有罪者，惩之诛罚。庶使人知警劝，各怀忠效力，必不损威误国也。”

景帝闻奏乃曰：“此卿部事，敕卿一一勘量，功罪施行。”于公领旨辞出回部，取军册逐一详看，即差官校星夜拿来，以正军法。公方回府，早有官吏进禀，同省亲友特来拜谒。未知所谒是何亲友。

## 第十八回

# 旧窗友赴京干谒
# 西和尚惊死教场

于公值朝廷多事之秋，常夜宿朝房。今见敌人远遁，宗社奠安，生民稍息，才回府中。早有门上官进禀道：“有爷浙江亲友特来拜谒。”呈上柬帖。

公看毕，乃曰：“快请相见。”报官出来奉请，公下阶相迎曰：“承诸兄远来，足慰生平之望。”此五人者，正是公之好友：乃王尚质号彬庵，王大用号器宇，孙佑号菊庄，吴雄号洪宇，和尚号西池。五人各相见礼毕，分宾而坐，各叙间阔之情。于公曰：“承诸兄千里而来，当悉论衷曲。奈国家多事之秋，不能少尽朋友之情，可慨可愧！”王、孙、吴诸友答曰：“弟辈昔年多蒙指教，不意我公名闻天下。重整山河，中兴之功，万世瞻仰，可钦可贺！”西和尚就道：“当日于爷在鄙寺看书时，神人早先托梦报称举相，今日果然。”公逊谢曰：“不敢。”即命设席款待。于公曰：“蒙诸兄见顾，示小弟素志消白、一毫不染，天日可表。虽然巡抚二十年，所有俸资，尽济二省饥民，与夫鳏寡孤独者，亦无所蓄。今蒙降临，何以报平日相知之谊。”

席间诸友谈话，公遂问起高节庵之事。王彬庵答曰：“征君高节庵，归隐西湖。小弟时常访之，人皆仰诵其清风。今公之大名，震骇天下，无不感仰其功业。但弟辈鼯技庸才，不能上进，为可赧耳。”于公叹曰：“高兄才识，胜吾十倍，可惜不乐仕进。吾常欲荐起共理国政，奈高兄固执，所以中止，待后仍必荐之。”复顾吴雄曰：“兄亦闲居已久，改日荐兄一京职何如？”吴洪宇称谢。晚饭毕，公即令于康、于淳送五友到洁静寺院安歇，仍辞曰：“吾不能送到，恕罪，恕罪！容日再来奉迓。”随送出府门。五人迳到寺中安歇。

于公假寐片时，三更起来，酌量事务。五更即趋朝奏事，区尽方略。第三日方才回府。正欲着人请五友相叙，此五友早在公府门候见。公请进礼毕，曰：“朝事忙忙，不得侍陪。多罪，多罪。”王彬庵便曰：“小弟们有一事禀知，未知允否？”公曰：“何事见教？”王曰：“近有失机坐视将官，闻得小弟们与公契谊，特来见小弟们，肯出三千金，一人乞饶一死，未知尊意若何？”公见说即曰：“这将官辈平日受朝廷若大俸禄，不肯弃死向前救护。若肯一齐舍命救援，不致陷主于蒙尘矣。况今国家多事之秋，所重在赏罚，今若饶免其死，则后人谁肯为国尽忠，出死力退敌乎？此决难免其死者。”

乃存思半晌，曰：“既诸兄见教，曩时交契，岂可无私。吾有一法，庶使国法交情两尽。”五友忙问曰：“何为国法私情两尽？”公曰：“但军职等官，过了铁，番了黄，文书做绝了，则子孙永不能袭职。他既许兄三千金一个，兄等止要他三百两一个，若十二员已该有三千六百金矣。吾只与一个囫囵死。”五人复问曰：“如何叫做囫囵死？”于公曰：“吾所说不斩首，便是囫囵死，好与他子孙袭职。吾亦怜这班将官，不过见敌势猖獗，一时畏死，岂知当今之时，重在赏罚必行。一则明正其罪以警将来；二则吾也留些阴骘与他们子孙，以便袭职；三则尽了国法；四则全了朋情。但有一说，诸兄俱要与讲事人面讲得过，其事才好。”众人见说大悦，尽皆称谢。公又曰：“吾后日有令，准下教场，大操人马，有功者赏，有罪者罚。务要整肃人马，选将练兵，杀退敌兵，迎复上皇归国，方遂吾为臣之心。”众友称羡不已，即辞回寺中安歇。

明日，五友对讲事人并犯官家族，说知于公吩咐之事：“本身所犯，罪不容诛，但留些阴骘与你们子孙好承袭。若依得所言，即当领教。否则不能奉诺。”众家属见说有理，皆送三百金一人到寺。西和尚看见许多金银，惊得浑身发抖不住。王、孙、吴一一收置安藏。诸将家属，各个准备去也。

晚间于公回府，王、孙、吴等来见公，曰：“承兄见教，众皆依允。其物俱已到手，感公盛情，厚德难忘。”这西和尚喜得魂惊舌缩、口中谢曰：“多……多……多，谢……谢……谢，老……老……老，爷……爷……爷。”

于公闻其声言，大笑起来。仍待五友酒席。正饮酒间，二王友问：“明日闻公到教场阅武，小弟们实乃千载奇逢。亦欲看玩一玩，未知可否？”公曰：“兄等要看何难，须要起早先进教场中，就在软门后边看甚好。但操演之处，不是当耍。不可倚着我是朋友，撞将出来，那时不好认是朋友，要以军法治之，轻则一捆四十，不是当耍！”王、孙等曰：“亏你做得这般嘴脸出来。”于公笑曰：“法令如此，须当仔细。若明日要看，今晚可即在此安歇。明早吾先着人领诸兄进去。”谈饮多时，公即送五友到厢房安歇。

将及五更，五人皆起来。梳洗茶饭毕，于康、于淳即同五人先到演武场来。此时千军万马在内，大小将官，俱全身戎装披挂，等候操演。于康、于淳领着五人，徐徐行到教场。早见牌坊结彩，上写着“代天施行，赏功罚罪”。

一班军士见了西和尚，大喝一声道：“兀那秃颅，往哪里走！此是甚么去处！”蓝旗手见了，飞走来拿。于康、于淳指在旗手脸上骂道：“汝这厮眼珠不生！这是俺爷亲友。特着我领进看操演，汝人也不认得。”众旗手见骂，便道：“小爷，不要着恼。小人们不知是爷爷亲友，通该有罪了。”皆退去，并无阻当。西和尚初进教场，见许多军马威严雄勇，已是惊慌。今又见喝见拿，惊得面如土色，声已出不得，手脚都软了。康、淳二人只得紧紧地搀他进官厅后边软门后，放下五把椅子坐定。此时西和尚略略少定。

不多时，只见前面大吹大打，放炮放铳，一齐呐喊。迎进于公。果然声出云霄，震动天地之威。四十八卫人马，并调来守卫人马，又有四下勤王之兵，并替回沿河漕运之兵，共有百十余万人马，将校有百千余员，小官不可胜计。于公坐下，众将官各个参见礼毕。一军齐喊，果然有撼山动地之威。

军兵操演一阵，真似翻江搅海之势。操阵毕，将军册、兵政功劳簿籍一看，传令叫请有功将帅四十八员上堂。公亲自簪花赐酒，表里彩缎银宝给赏，亲送下堂，曰："下官不日奏上加封，烦劳诸将官齐心竭力，尽忠报国。"众将帅唯谢下台，公领大吹大擂游营一匝而出。其余有把总、指挥、千户、镇抚、百户亦各委官，代簪花赐酒，给赏而出。其小校哨长有功者，悉皆委官给赏。赏毕，少刻押进失机坐视不救及临阵逃回等官，俱绑进教场来。于公一一查明，喝令："把这一十二员失机坐视逃回者，俱一铜锤一个打死，以正国法。"这西和尚合当命绝，看见绑进十余人来，就把头伸出看看。只见一声锣鼓响，一铜锤一个，打得血光上冲，军声齐喊。西和尚看见一惊，望后跌倒，活活惊死在地。王、孙、吴三人心慌，即忙用手摸时，和尚口中气绝，少刻面如青靛。众人不敢高声。跟随人见了，实时抬到后边灌汤，不能得苏。人皆言惊碎胆矣。于公又验视诸将校，有对面伤多逃回者免打；伤少者，捆打四十；背后伤者，打一百。背后伤乃被敌兵追来，怕死逃回砍伤者，所以重责。无伤逃回者，斩首。军中见公赏罚严明，人皆畏服。仍大书榜示数张，挂于通衢，开示某人某处，明示其功罪。事毕，众军将人等，各个跪送，呐喊吹打，送公出教场，回部而去。

王、孙、吴三人见公出教场，只得浼人把西和尚扛在僻静处，着人看守。于康道："待我先去禀知老爷。"王彬庵道："我同你先去。"二人急急来见于公。公到部理事，至二更方回府中。王彬庵曰："公今日军威甚盛，把西和尚活活惊死教场中。"公闻言，亦埋怨彬庵曰："谁叫你们与他进看？兵权最重，生杀利害之处，谁不寒心。"公乃嗟呀半晌。复曰："终是他无福消受许多金银。吾欲取龛盛他，非吾讨取之物。"即令人取一副好沙板棺木。又曰："兄等可抬西池到寺中安殓，可将所得金银，悄悄尽数藏在棺内，然后盖棺，虚将钉钉，用缠索周回扎缚停当。日后回杭，将索割开取出金银，安葬西池，庶无遗失之患。"

四友闻言，深相感谢领教。到寺中来一一依于公之言，安殓西池毕，来见于公。公曰："兄等且在寺中宽住数日，小弟还有微意奉报。"公遂荐吴雄为顺天府通判，王尚质为鸿胪寺序班，孙佑为太医院院判。三友感公盛精，俱来致谢。公曰："兄等何必谢，不过少尽往日同窗雅契。"过数日，四友皆辞公，欲回杭州。公曰："诸兄不欲在此候缺，当送兄等起程。"又送百金一人为赆，附书一封，烦送与高节庵，多多致意，容当荐起也。即差八个军健，护送西池棺木起程，诸友拜谢而行，一路有兵部勘合，驿递差夫送程——闻是于公亲友，谁不奉承，直送至杭。四友依于公之言，开棺分金，安葬西池毕，送书到高节庵处去。至今三家尚盛，皆于公之惠也。不题三家之事，且说于公即将众将校功绩具奏。未知若何。

## 第十九回

# 也先假和索金帛
# 高盘剖臂纳纶音

于公具本开列诸将校功绩。朝廷旨下，封赏诸将等。将校蒙封受赏，俱愿报效朝廷。且谈太上皇淹滞边廷，也先屡使人觇视上皇动静。其人到上皇所居宝帐之处，只见一红面长须提大刀者，守在帐前。行觇之人，大吃一惊，慌忙奔回，禀复也先。也先不信，又遣心腹人来。忙至上皇帐前，果见红面之神守把，惊得疾奔而去，报复也先。也先知是关神显圣，自后不敢怀异心，愈加恭敬。且上皇出帐，常见红面长须之将守帐，因问袁彬。彬奏曰："此必是关神显灵来护万岁爷之驾也。"上皇遂望空默祷于神。上皇后复位之日，特加"翊天"二字赠神。

也先屡见有神护持，思量道："中国天子在此，又做不得俺们可汗。"当时即请得知院（官名）伯颜等计议道："中国天子在此，又做不得俺们这里可汗，留在此何为?"伯颜闻说，即劝道："莫若俺们留个好名儿，与后代称扬。"也先便问道："怎的留个好名儿?"伯颜答道："何不请天子出来，与他立约盟誓，共结和好，送他归国，使后人赞扬太师仁德，留了一朝天子，不害他反送他归国，这个不是留个好名儿?"也先道："说得是。"

正欲差人请上皇立誓送归，只见喜宁忙上前说道："如今且未要送还，宜假送归为名。等俺们索些金帛彩缎满足，那时送上皇爷回去未迟。"也先见说，仍依其计。喜宁自从降顺也先，反唆也先如此行计，又将我中国虚实告之。也先依宁言，果差人假请上皇到营，说道："天可汗在此，又做不得俺这里可汗。今日特请天可汗立约盟誓，送归本国，永结和好，再无侵扰了。"上皇闻言，大喜曰："深感太师仁德，知院好情。若得返国，多以金帛彩缎相酬，永结和好。"于是也先练选数十万人马，以送上皇为名，喜宁引导，因而掳掠。驾至大同城下，上皇命袁彬在城下大叫，讨取金帛犒赏。当有大同守将都督郭登，察知也先假送上皇，即在城上叩拜答曰："臣职在守边，安有金帛？"遂不开城门。上皇曰："朕与郭登有亲，何故见朕不开关出接？"也先遥见城中有备，遂同喜宁领上皇仍投紫荆、倒马等关而来。

关上人望见上皇在前，不敢施放炮箭，亦不敢下关开门。因前次迎接被敌焚劫，故此不开。上皇候了多时，不见有人下关迎接，即命袁彬大叫道："万岁亲自到此，可急开门。"关上并不见一人答应。袁彬心慌，只得把头触门，大叫道："我是写字校尉袁彬，见有驾牌为照，非是奸细。"即将驾牌照看，城上人看见，方知端的，乃开关放过吊桥，放袁彬进城，审问端的。

当有广宁伯刘安、都御史孙祥、知府霍瑄等，出城来见上皇，哭叩于地，齐声奏曰："不料陛下蒙尘，臣等之罪也。"上皇因私语刘安曰："今彼辈未有实心送朕归国，况有喜宁唆拨引导，不怀好意，汝等可急回。"安等闻谕，慌忙拜辞上皇而转，即命闭关。也先复拥上皇而去，又放火烧关，大肆抢掠。九边将士，一时喧沸，烽烟警起，震动京师。人民仍复慌乱起来。于公闻报。即忙入朝奏曰："彼敌专以假送上皇为名，索取金帛。乞赐臣谦亲到边关，督厉将士，以图方略。"景泰闻奏，喜曰："得卿亲往，朕复何忧。"即降旨委谦巡边。公领旨径趋边境。将士闻公临边，人皆畏惧思奋，各个远迎。公传令不许诸将官擅离泛地。边将得令，各候按临。公复传令：边关将士军民人等，若见敌兵拥上皇前来，仍照日前俱各答应道，“我国已立君多日，不敢开关，亦无金帛”等语。如违者，定以军法示众。九边军民闻令，喧嚷遂息。

于公巡至大同，大同守帅郭登谒见曰：“郭某手下有敢死士数百，欲劫驾返国，已差夜不收杨总旗暗暗报知太上皇去也。”公曰：“郭元戎此谋虽好，但乘危行险，可看便宜而行，若不可行，即止。吾自有破敌回銮之策。元戎素有将略，不必吾叮嘱也。”

公遂巡至宣府，早有总兵杨洪谒见。公曰：“总戎素在边廷，父子勠力，将士齐心，可谓有大功于我国家矣！何土木之师，不以精兵救援朝廷？念公老将，遂起公任事。今汝子杨俊，因私怒擅杀都指挥姚贵，朝廷屡欲加罪。吾念他有万人之敌，奏保曲有其罪。此后当尽心报国，以全功名，不可怠了往日名节。”杨洪领诺，唯唯而出。

公又巡至独石，守帅朱谦谒见。公曰：“吾观独石城池一带，城皆虚空，多有坍损、汝为镇帅，宜乘时修整。此处正是国家藩屏重地，今弃此不修，非但宣府难保，京师亦为之动摇。公虽有将才，然一人难以独任。”乃即飞章奏保都督孙安才堪大任，朝廷即敕孙安到来。于公仍授以方略：“从独石度龙门等关，且守且筑，以保无虞。”安等领诺而出。于是各关将帅，尊于公亲嘱之令，准备建功，以报朝廷。

且谈喜宁原是边外人，因土木之变，仍复降顺也先，反为也先心腹。又唆也先领众假送上皇为名，索取金帛。宁已得万数，自为得计，在也先面前夸功。袁彬颇知，忙来奏闻上皇。上皇曰：“逆贼如此，朕已知道，只凭天去。”

初九日，喜宁复领也先率兵十余万，仍抢掠到紫荆关来。当有守关总制都御史孙祥亲见上皇在敌营，忙叫开关，奋不顾身，领一千人马下关。一来迎谒上皇，二来实欲夺驾进关。一边恸哭，一边下关。众将一齐阻曰：

“上皇虽陷敌营，当徐图救驾。今彼势其盛，不可造次！”孙都督闻言，张目大恸曰：“汝等何言！吾闻主忧臣辱，主辱臣死。前次见上皇，不能竭心尽力，迎劫归国。今又见君父在彼蒙尘，为臣子者，安用命哉！”乃不听众官之谏，急领人马冲出关来。也先等见来官之势甚急，又多带人马，不是参驾模样，心中甚疑。喜宁早已瞧见，忙对也先道：“俺见来官不怀好意，要用心提防。”

也先闻宁之言，吩咐一齐放箭。孙都督不知喜宁引导作奸，但见万弩齐发。孙祥连声喝曰：“吾来参驾，如何乱射。”言未毕，项上与身中早中三箭矣。手下将士，急救回关，把关紧闭，齐来看孙都督，可怜一箭透咽而死。袁彬见乱箭射死孙都督，忙与通事岳谦来对也先道：“太师一向仁德，既有心与中国天子通好，如何又令人射死他将官？恐伤太师仁德。”也先道：“是俺一时见关上有许多头目拥来，心中疑惑，因此放箭，不料伤了他性命。汝今说明，下次不如此了。”

是日也先与喜宁领众复奔至水尽头，当有都指挥盛广出见上皇，奉上银三千两。明日又送彩缎、羊肉、酥酒、蜜食之类。是日俱屯扎在猫儿庄。第三日到八宝山。此时，景帝差季铎等赍赏银并圣母太皇太后寄来貂裘、冲冠、龙袍、衣服到来，方知是郕王即位。上皇闻知甚喜，明日发季铎等回。铎等辞归，忽有夜不收杨总旗来见袁彬说道：“奉郭都督将令，先遣某等五人夜不收来，暗请上皇到石佛寺，待也先寻觅不见时，便乘隙入城去。”袁彬闻说，实时来奏上皇。上皇曰：“朕命在天，此危险之事，决不可行。”袁彬闻谕，忙传旨道：“万岁爷不肯允从。”杨总旗只得去回复郭帅。

第二日，通事岳谦对袁彬曰：“喜宁时时唆拨也先，除非去得喜宁，上皇方有归日。”袁彬曰：“是，是。”即将岳谦的话奏知上皇。上皇曰：“朕尽知逆贼为也先心腹。既如此，汝可悄悄代朕写二封书，一封奉上太后，一封与当今。”袁彬领旨，暗暗写完。呈上看毕，便差岳谦同哪哈二人带去。

岳谦、哪哈潜地到京，至彰义门外，正要打话，只见城上人望见二人是敌兵打扮，连忙乱箭射来，二人不能开口，岳谦早被两箭射倒在地。哪哈见势不好，飞马奔回来见也先道：“南朝自家人都不认得，反把岳谦射死了。”也先听得，忙传号令，急拥众直奔到德胜门来。将上皇藏在德胜门外空房之中，又将人马摆开阵势。待敌久之，不见我兵出来。知有准备，就缓缓抽兵退回。

二十四日，仍朝北行到老营。得知院妻子宰羊烹酒，迎接上皇。二十七日，宰杀牛马做筵席，在苏武庙中。上皇宴散，出帐仰观天象。对袁彬曰：“帝星明朗，朕在此决不久。”袁彬叩头答曰：“万岁爷仁德敷民，终当返国。”此时上皇在暖车宝帐之中，忽下大雪，厚高三尺。惟上皇所居宝帐，一毫无雪。又常见火光焰起，隐隐若有龙盘其上。边人见之，皆啧指啧啧道：“此真天可汗也！”也先亦常见真龙护帐，厚雪无侵，辄相惊畏，甚加恭敬。每日设宴款待上皇，或弹篪拨琵琶唱曲，亲自把盏。众头目齐跪敬酒。自此为常。只是上皇在营中思归心切，屡被喜宁唆拨也先，不得返国。

前者喜宁复唆也先杀害袁彬，因此上皇大怒。又命袁彬密写旨书二封，随即要唤护从总旗高盘带回朝来。高盘奏曰：“此旨臣难带回。”上皇问曰：“为何难带？”高盘奏曰：“喜宁因见前次岳谦带书回朝，不料被我国守城之人射死，后于尸边搜出所带旨书，上写着喜宁逆恶之事，故此喜宁教也先道：‘但有人回南朝去的，都要搜检明白，方才给与号箭。若无号箭，即是私逃，径拿去开剥了。’以此这纸书实难带去。臣命不足惜，恐误大事。”

上皇见奏，沉吟半晌，无计可施。只见高盘复奏曰：“臣有一计。若要带去，乞另写于小纸，细细密密写了，臣自有处。”上皇见奏，即命袁彬复写小纸细字二封呈上。上皇看毕，递与高盘。盘跪地捧接，即用薄薄羊皮一块，包裹御旨毕，腰中取出小刀一把，就将自己左膊上大划一刀，即把羊皮旨书纳进肉里，连血连皮，用刀疮药敷上。果然只见血露刀痕，不见有书在内。上皇与袁彬见之，叹息曰：“此足见汝用命之勇也。朕得返国，重加爵赏，但要小心。”高盘唯唯领命。上皇复谕盘曰：“汝今回朝，若当今不坐朝时，汝可先见于谦，令其用谋先擒喜宁，则也先无人引导，朕得返国矣。”高盘领命拜辞上皇，急急而行。也先果一路有人把守搜检，将盘一一搜过。只见血痕，不知有书在内。盘复哄曰：“特到南朝取讨彩缎，赏赐你们。”故各部俱放过，俱给与号箭。高盘不分星夜，负痛驰归。

# 第二十回

## 于公相形置地铳
## 杨俊诱捉喜宁回

不谈高盘之事，且说于公一日趋朝面奏曰：“臣昨闻探事人来报，也先大选人马，有再犯我国之谋。伏乞陛下赐臣亲到边方，料度机宜，设计破敌，必不误国。”景泰闻奏大喜。面谕曰：“一切便宜，任卿裁度。”于公即辞朝回部，亲领数十军将，俱扮作夜不收模样。公亦装扮如此，杂在众人之中，去到边方，看其地脉。正行不数百步，猛省曰：“吾失忘了一件要紧之物，快令人取吾主上所赐金顶黄罗伞来。”众问曰：“老爷今日扮作某等模样。又要取黄罗伞来何用?”于公曰：“汝等只知其一，不知其二。吾今如此打扮，边上军士，一时不知是我。倘有触犯，不处，则损军威；处之，又犯无知。或者有认得我的，他不知我私行来看地脉，只道我私行觉察他隐密之事，使彼反生疑虑，吾故取伞随行。边军见吾之伞，知吾来度地脉，用计破敌，彼必用心把守，不敢怠缓，故令人取来。”众军闻言，各个叹服。

公一路来观地脉，察敌必犯的来路。果然守边人等，见了二十余人潜地过来，一齐呐喊。正欲打下炮石，公即令人张起黄伞，守边军士看见，知是于爷，就不敢打下炮石。守泛地军将，通欲下墩迎接。公忙传令不得擅离，违者治罪。诸军闻令，各个遵守，不敢出迎。公相了地脉形势，一一与众暗立标的、记号已毕，急急回到附近关津。命工匠照式造地雷，并铜将军、佛狼机等铳炮。其铳炮形如斗大，可藏药若干，又可安铅弹若干，造成数千。其药线长有丈余者，或六七尺者。另用竹筒打通节眼，盛药线在内。虽经风雨，亦不损坏。一里埋二十个，十里埋二百个，四散埋有千数。令军士暗暗埋于敌人必由之地。其药线之头，俱露出在地上。又用乱柴燥草引火之物盖覆好了，仍用本色土泥罩上，人莫测认。

于公埋铳已完，复到大同，与郭登计议，又造下着地龙、飞天网、积水柜、悬溜栅等项。待敌到来，发其机轴，无不有当。于公与郭登布置已毕回京。

路上又思起喜宁。他知我中国虚实，各路关津险要。若不用计先擒此贼，倘被他识破，所误不小。正思计时，早有人报禀道："有边外总旗高盘，从北地回朝，兼有上皇密旨要见爷。"于公见报，便令："快排香案接旨。"一边唤高盘进见。

此时高盘回京，正欲趋朝奏闻，因景泰退朝，一径来到于公部堂相见。公见盘即问曰："汝来必知上皇消息。"高盘禀曰："总旗是上皇差来的。"公见说，忙下堂问曰："上皇安否？"盘答曰："上皇日夜思归。头目伯颜屡劝也先送上皇回朝，怎耐喜宁百般唆拨也先，因此稽留，不能回来。今上皇现有御书密旨在此。复谕总旗，若当今退朝时，先见老爷，因此先来。"于公曰："既有旨来，快排香案。"公即望北朝拜。拜毕，请旨。高盘曰："快取刀来割开我臂，方可取旨。"公见说，忙问曰："为何割臂取旨？"高盘曰："当时通使岳谦，曾带御书回朝。不料被我守边将士，不审分明，将岳谦射死。后被也先兵丁于尸边搜出书来，御书上写着喜宁悖逆引导之事。喜宁深恨在心，挑唆也先，但有人在上皇处出进及回南朝去的，俱要搜检明白，方许放回。因此不好带旨回朝。当时上皇无计可施，是盘设此计，只得将臂膊划开，纳旨在内。初时藏纳，不甚痛楚。如今连日马上行了七八百里路，左手甚痛，右手难于举刀自割，乞爷令人割开取旨。”说罢，即脱下衣服。臂上露出伤痕，此时红肿得大了。高盘右手指着疤痕曰：“快划开取旨。”公即令人割开，将旨取出。只见鲜血淋漓，高盘大叫一声，晕倒在地。公急令人扶起，忙灌些定晕醒魂丹。两班跟随将士人役，皆叹曰：“国难显忠臣！”自此以后，人人怀忠奋勇，乃高盘一人激之也。幸天怜忠义，默佑高盘，渐渐苏醒。

于公忙令人取香汤，洗净血污的羊皮包纸，仍旧跪而拆开密旨看时，旨上单写着：“也先屡欲送朕返国，皆因喜宁唆拨，反为彼之引导，攻掠城堡，残害赤子。当用计先除此贼，若得返国，愿居闲地，或守祖宗陵寝，亦所甘心。”公宣诵毕，朝北哭拜于地曰：“君辱臣死，理所当然，是臣等万死之罪！”复咬定牙根曰：“喜宁逆贼，吾誓不与共天！”即写本赍太上御书，奏闻景泰帝。帝怜高盘之忠，即加升高盘为侍卫指挥佥事。景泰宣问于公。公上前奏曰：“臣已有计先擒宁贼，以正国法。”景帝闻奏大悦，退朝。

公回部。即请太医院官，疗治高盘之臂。御医以妙药敷之，三日痊好。高盘即来叩谢于公。公大喜曰：“此足见汝忠贞，天佑之也。”命取银二十五两与高盘，盘拜谢。公又唤盘上前，附耳言曰：“汝可如此如此而行。至日，吾自有人接应拿他，不可泄漏。”又命曰：“若见蒋信，可传他家中信息，且言朝廷优待之恩。令其至日可同上皇往僻路而走。”盘一一听计，拜辞于公。复辞朝毕，乃与季铎等，同赍冲天冠、滚龙袍、玉带等物，并各边外赏赐出关。

一路急急径到也先处，下了敕书，并赏赐之物。又到上皇营中，进上御冠衮衣等物。上皇慰问高盘毕，又曰：“可曾带得赏众头目的缎帛来否？”盘奏曰：“众大头目赏赐，臣已带来。但以下头目人多，朝廷着宣府等边关备办。待送皇爷驾到，即从城上送将下来，方迎请皇爷回朝。”喜宁在彼闻得高盘之言，心中大喜，坦然无疑，忙来对也先说道：“南朝既有赏赐彩缎在宣府，如何不送天可汗去？”也先因前者整顿人马齐备，今闻得喜宁之言，实时起发人马，亲送上皇到宣府来。

高盘闻得这个消息，暗暗称羡于爷：“果神算也！”即密地来到赛刊部下，寻见蒋信，报与家书，并朝廷优待之意。信感恩，誓以死报。高盘又将于公保护上皇斜僻去路，一一说知。信乃领计，即使忠勇健儿，潜地到宣府城边。箭上刻了字号，写“也先同喜宁在本月二十七日亲送上皇到城”，一箭射上城去。守城人见了蒋信号箭，飞报与总兵杨洪。洪即差快马急报于公。

公见报，心中大悦曰：“除了此贼，上皇返国有日矣。”乃思欲擒此贼，除是杨俊方可。但他使酒，勇猛难近。然以擅杀都指挥姚贵，朝廷屡欲拿俊正法，我保奉他将功赎罪，今日必为我用。即传令着杨俊来见。俊即杨洪之子，洪闻于公令牌到，即着子杨俊来见于公。公曰：“想汝日前酗酒，无故杀死都指挥姚贵。朝廷必欲正法，我保奏免汝一死。汝可建功赎罪。”杨俊闻言，叩首谢罪。公曰：“吾今定下一计，非汝不能成功。今二十七日，就令汝父率多官将，到城赐也先众头目以下缎帛等物，件件皆放在筏箩之内，令人放下城去。汝可将纯锦缠身，一如彩缎之色，蹴在筏箩之内，高处再加些缎匹于上，不可露出头角。若不认得喜宁时，但有人叫喜宁的，汝就知得是他。待宁来搬彩缎之时，汝可用心看定，把喜宁登时拿在箩里。城上自有人接应，吊汝上城。拿得喜宁，汝之功可赎前罪。吾知汝勇猛，能擒此贼。汝可小心，安危在此一计，不可怠惰。”俊领计叩辞于公而出，来与父杨洪计议停当，专候也先到来。且谈也先整点大队人马，令喜宁、陈友为向导，二十三日起程。从倒马等关，一路送上皇为名。各关俱道：“朝廷赏赐缎帛，俱在宣府。”喜宁闻得此言，一心要到宣府，故别处关津都不在心。至二十七日，早到宣府城下。城上人见上皇在前，一齐俱呼万岁，震动山岳。城上早放下数十筐箩来。

此时高盘紧紧地傍着喜宁之马，城上人看见高盘与喜宁赶在当先，仍又放下数十筐缎帛下来。此时杨俊已扎缚停当，就蹴在箩里，一齐放落城来。高盘与喜宁见了，忙跑下马来，搬取彩缎。高盘见宁落马来，大声高叫两声曰："喜宁哥哥，待我也搬些与众头目，见见功劳。"杨俊闻得叫声，知是喜宁，忙跳出箩来，大喝一声，把喜宁一似提小鸡一般，丢在筐里。高盘见俊拿了喜宁，实时敲起号锣。城上人闻锣响，即将滚木绳索，一齐用力拽上城来。陈友见了，即便落荒逃命。也先亦知中计，忙传令攻城，来救喜宁。

这高盘、蒋信、袁彬等一班人，奉着上皇，往小路里加鞭飞马而去。也先见上皇与众前行，恐怕往别关进城，乃亦飞马紧追。城上杨洪等将见上皇去远，即忙放起号炮。各处城上闻得号炮响时，俱把火箭、火炬一齐远远丢射，施放地雷，发铜将军、铁佛狼等铳炮。火炬、火箭燎着乱草枯苇中的药线，登时地铳震天，四下里只听得天崩地裂、霹雳之声，烟焰冲天，打死不计其数。也先回马看时，只见残兵冒烟突焰而来，道："中计了!"怒气填胸，大叫一声："罢了!"便倒撞下地。未知性命若何。

## 第二十一回

### 外国结连归和好
### 朝廷允奏遣臣僚

不谈也先气倒马下。且谈于公因喜宁引导也先，数侵边境，扰害生民，故定下此计以擒之。果然上合君旨，下快民心。喜宁既被杨俊擒下，挟得半死，声已难开，押进营中。杨洪用槛车械进京来。于公下营见宁，厉声叱曰："朝廷有何负汝？汝反背主，甘为引导，唆索金帛。今日擒来，有何理说？"喜宁无言，叩头乞死。于公实时奏请。

第二日旨下，着刑官将喜宁凌迟处死。号令各门，以戒将来。朝廷将杨俊升都督佥事。杨洪封侯，增俸二百石。于公加升少保总督兼兵部尚书，加食二秩之俸。也先看见此番如此残败，心中忿怒，颇有欲害上皇之意。伯颜密知，向前力言道："太师一向好心甚多，此事非干天可汗之事。俺们一向要与他和好，又只管领人马与他厮杀，又不送天可汗归国，复索了许多金帛彩缎，他那里如何不做准备？今事已如此，不如消停数日，遣几个得当人到南朝，与他通好，免得伤了太师一向好心。"也先道："得知院（伯颜官名）你说得是。既如此说，俺且拔营回去，再作商议。"

当时瓦剌可汗脱脱不花亦领人马到来。此时蒋信即于途中迎着脱脱不花，以言说之曰："太师也先每领人马南侵，所得金帛，皆归自己帐下，到于可汗处甚少，及至损伤人马，则可汗均受其弊。俺们料得敌不过南朝人马，可汗自当做主，以和为上。”脱脱不花闻言道：“把台说得是。”即催人马，来到也先营中。伯颜先将和议之情说与脱脱不花。脱脱连声道：“好。既如此，俺与太师、得知院、平章等，俱押了花字。着得当人亲赍赴京讲和，永无他意。”伯颜称谢，随即都押花字，令人到老营来请上皇。

上皇实时亲临也先营中。脱脱可汗与伯颜齐道：“俺们与太师屡欲送天可汗归国，都是喜宁阻住，坏了俺两家和好。今日俺们与太师，实心送天可汗归国。又恐你那边臣子不知俺们真心，特请天可汗来，当面折箭为誓。”上皇见折箭立誓，知今番送归是实，大悦称谢，亦即书一御押。当日脱脱可汗即先差通使三路人，前来近边打话通了，然后差皮儿马、黑麻等起程。黑麻等叩辞上皇，上皇亦面谕劳，又有御书一封，付与黑麻等。脱脱并也先亦嘱咐道：“你们到南朝去，将俺实心送回的事，一一说知。”黑麻等领诺，即便起程，又等候先差三路人通了话，然后到京。

这三路人来到大同坟岭墩，这墩就是大同北关都督参将许贵把守。贵每日轮差夜不收，探听北边哈密等处消息，巡视奸细。当日夜不收哨至坟岭墩来，忽见一伙北兵前来，内有三人，装束似南非南，似北非北，又当先跨马而来。众夜不收看见，正要放箭，只见那三人高叫道：“休得放箭！俺们是脱脱不花王与也先太师差来打话通和好的。”众夜不收见他说得南边话来，料是通使的，收了弓箭道：“汝是何等人？须说得明白。”那当先一人道：“俺是女直同知。”第二道：“俺是浮石参将。”第三道：“俺是哈密指挥。俺三人通是脱脱不花王差来近关打话的。若只差一路人来，恐南朝不明一路的言语，故此差我三路人通晓汉语的，庶不误了大事。你们众人听着，俺太师也先道：‘如今实与南朝讲好，可着大头目奏将去，连夜差使臣来。’俺们便回去报知。若不来时，俺三边轮流搅扰得你国田不得种，粮不得收。你国中消耗，自然来和好。”

众夜不收闻得这说话，便道：“众人且暂住，待我们禀与大头目知道。”三人闻言，即领众就近墩屯扎。众夜不收径来报知许参将。贵闻报，亲自来到墩边，与三人打了一番前项说话。许贵曰：“汝等既是真情，吾当转奏朝廷。”乃即差人星夜到京，将此事一一奏闻。

景帝允奏，即着该衙门写敕戒谕。许贵去了。群臣见戒谕许贵之旨，齐奏曰：“数次遣使，未见的实。今脱脱番文是实，兼有上皇御书押字，亲差黑麻等到此。臣等亦屡问使臣，所言皆实无疑。理当答使迎复，勿令有他日之悔。”

景帝闻奏，半晌不言。于公察知其意，即毅然上前奏曰：“今若果有上皇御书并脱脱等番书，详勘黑麻等来意是实。且兄弟至亲，君臣大义，理宜迎复。”诸文武见公所奏，亦皆奏曰：“理当迎复，勿令后悔。”景泰复闻众臣之言，心中不悦。谕曰：“当时大位，皆卿等合词要朕为之，非出朕心。”

于公闻谕，忙上前复奏曰：“今陛下天位已定，谁敢有异议？但欲发使答礼，少舒边患耳。上皇终当迎回，岂可久留边地？此非朝廷与臣子久弃君父于遐荒者。”景泰闻奏，心中开悟。乃曰：“从汝，从汝。”言罢退朝。

群臣皆聚于午门外伺候。当有太监兴安，复传旨至午门外，大声言曰：“尔等固欲答使，且言孰可行者，孰为文天祥、富弼其人耶？”众皆未及答，尚书王直面发红，亦厉声言曰：“岂可如此说！今日皆朝廷臣子，一惟朝廷用，谁敢有不行？”兴安闻说，仍复进内。少刻升给事李实为礼部左侍郎，罗绮为大理卿，充正副使，马显升都指挥充通使前去。不知朝廷差数使前往，后事如何。

## 第二十二回

# 李侍郎出使沙漠
# 罗少卿奉命遐荒

景泰因于公奏明，并诸臣力言请复之事，乃差李实等前往。敕书既下，只言答礼，不及迎复之事。李实见敕大惊，忙趋内阁，明白其事，正进朝来，遇着内相兴安。兴安见实，大声曰：“李侍郎，汝领黄封办事，你哪里晓得其中就里？当时景泰之意，不欲迎请上皇归国。奈群臣恳谏不过，于公又开陈兄弟至亲，君臣大义。景泰不得已，遣李实等聊报复答礼而已。”李实见兴安口吻，只得转出朝来，收拾行李，一同罗绮、马显等并来使，打点起程。

景泰元年七月初一早朝，景帝亲御左顺门，召李实等面谕曰：“卿等去脱脱不花、也先那里，务要勤谨办事，好生说话。”遂各赏银伍拾两，并衣服二套，彩缎三表里。又谕曰：“可上覆太师也先，并得知院伯颜等，内有敕书二道，及各队长赏银二百两，彩缎二十四表里。”李实等领命，即拜辞出朝，本日遂同黑麻、秃完等五十六人起身。初七日，过毡帽山。初八日，过兴和州卫东海边，夜宿棍儿硇。初十日宿失刺，即边塞之处，亦送李实等下程，羊二只，酒数瓶。十一日，到也先营中。

也先听开读敕书毕。也先道：“你国皇帝，因何差你们?”李、罗二公答曰：“自太师祖父以来，至今朝贡我国四十余年。尔使臣进马来京，往往待以厚礼，遇以重恩。近日因王振擅减了马价，以致太师动兵，邀留太上皇帝，抢掠人民，杀害兵马。今得知院伯颜上合天道，下顺人心，奏闻可汗，说知官人，特念前好，同差参政完者、秃劝等赍书赴京，以全和好。因此差我等大臣，赍送赏赐，给与太师并知院等，以全终始，仍旧遣使往来。”也先见说，便道：“这事皆因马清、马云小人们坏了事情，以致动兵，小事变成大事。今你们来，且过一夜，明日引你们见天可汗去。”李实曰：“此足见太师仁厚之心。”也先又道：“你们来得正好，这事务必要成就了。你们若不来时，俺们七月十六人马已到京来了。今侍郎路上辛苦。”即唤人斟酒，亲自把盏奉敬李、罗二公数杯。酒毕，复令宰壮马一匹、羊四只为下程。十二日早，也先差头目人等赍我朝赏赐与脱欢可汗，并得知院等敕书，又着人分头赍赏赐前去。是日也先即差平章人等，同李实、罗绮等行三十里，来见上皇。共进上纻丝八匹，衮衣二套，粳米、鱼肉、钞煤、烧酒、器皿等物。李实等一见上皇，放声大哭。拜舞毕，惟见袁彬、哈铭、高盘三人侍侧。上皇曰：“卿等休哭。比先朕来北，为打猎游幸之事，皆王振所陷。也先有意送朕归国，皆被喜宁引诱，遂破了紫荆等关。复至京师，又被喜宁阻住。后至小黄河，也先亦欲送回，又被喜宁挡阻。今喜宁既已凌迟，朕无阻挡也。”

上皇遂问：“圣母及当今安否?”李、罗齐答奏曰：“俱安。”又复问旧臣存退何如。李实一一道其姓名，或存或退，甚悉。上皇曰：“朕在此一年，因何不来迎朕归国?”实奏曰：“陛下蒙尘，群臣及军民人等，如失考妣。差人三次来迎，俱无的实。通言也先假意，惟前月高盘回朝，见有陛下御书花字，方是实信，叵耐喜宁阻住。今宁已正国法，特差臣等来探虚实，未知也先果真心否?”上皇曰：“汝等回去上覆当今皇帝并文武群臣，早早差人来迎朕归国。朕若回时，情愿守祖宗陵庙。若不来迎时，也先说令人马扰边十年，也不得休息。朕在此一身不足惜，当念天下生灵、祖宗社稷为重。”

李实、罗绮唯唯领诺。李实询问上皇所食，方知也先每日只送牛羊、野味、酥酪，殊无米羹。李实凄然奏曰：“想昔陛下锦衣玉食，今观衣食粗陋不堪。”复以大米二斛进上。上皇曰：“饮食小节，且与朕整理大事。”实乃条陈数事奏上，皆谏上皇昔日任用非人，引咎自责，谦让避位退居之词，忠言正道，恳切甚悉，上皇闻奏大悦，皆从其言。因日暮促归，李实涕泣而别。明日，也先宰马备酒相待李、罗。也先道：“你们皇帝敕书上，并不曾说着迎回天子。天子在此，又做不得俺们可汗，终是个闲人。俺还你们，千载后图一个好名儿。侍郎回去可奏知，务要差三五位老成臣子来接。如今若送去，可不轻易了你们皇帝？今日与你约定，至八月初五来迎，不可失信。”

李实含泪答曰：“差人来迎，必须要请圣旨。吾等是臣下，岂敢擅约得日期。”也先又道：“八月初五若不来时，你边人又要吃苦了。”再三嘱咐日期。实等亦再三曰：“日期难定。”也先道：“若是来迟，可先着三五人来回报，便迟五六日亦可。若不来时，俺们领人马扰边，莫道俺们失信！”也先叮嘱毕，各送马匹貂鼠为进贡之物。李实等来辞上皇，上皇再三谕嘱迎归之事。即于袖中取出御书三封，与实赍回，仍谕曰：“卿等勿惮路遥，当以天下苍生为念。汝等回去，多多上覆太后并当今皇帝，说也先非要土地，所要者，蟒衣、织金、彩缎之物，差人早早赍来，汝可莫辞辛苦。”

李实闻言，哭拜于地不能起。伯颜道：“侍郎休哭，及早归朝，来迎皇帝就是了。”伯颜与众强扶起实时，只见泪流尽血。伯颜与众咭指啧啧称羡，惊顾曰：“南朝果有好臣子！”上皇见李实眼中泣血，再三慰勉，实即带泪拜辞上皇，复到也先营来。也先便道：“烦侍郎早早奏知来迎。”实当下辞别也先，即同众使起程。也先又差右丞把秃并脱欢、黑麻同行。

不一日，来到京城。二十二日早朝复命。景帝御文华殿，召李实、罗绮等宣问曰："也先有恁说话。"李实将前情诸事，一一备陈奏。景帝又问曰："太上皇帝如何说？"实即奉上御书，又备陈太上所谕前旨，皆无遗失。景帝又曰："也先请和之意，虚实何如？"实答曰："臣至彼国，相待甚厚，论和议是真。但也先万一变诈，非臣所知，乞陛下圣裁。"景帝曰："卿等一路辛苦了。"命赐李、罗羊酒、银钞等物。复命太监牛玉于文华殿前廊下待酒饭毕。实、绮辞出。明日，罗绮复领把秃、黑麻、脱欢等进贡马匹、貂鼠等物，朝拜毕，把秃等起奏，乞早命使臣，同往迎接上皇。景帝闻奏，不言退朝。把秃等辞出，在四驿馆安下等旨。俟候数日，不闻旨下。意不欲迎请，故此迟迟。把秃、黑麻等延候多日，旨方下。着多官于午门外会议可否。不知会议若何？

## 第二十三回

# 遣使迎归上皇
# 安插永杜边衅

景帝旨下，命多官于午门外计议。时有都御史王文厉声曰：“来，来，来，孰谓来耶！不索金帛，必索土地，有许多要求。彼岂真心送来耶！”众官素畏王文，相顾俱莫敢发一语。于公曰：“防变方略，事在于我。李侍郎回朝，吾问其言，实乃真心，非虚诈也。万一变诈，其直在我，其曲在彼。王御史不必多虑，吾已筹之熟矣。”遂率多官面奏曰：“前侍郎李实回朝，臣等灼知。也先屡败，必然悔过。虽云人谋，亦天意也。且君臣大义，兄弟至亲。若不遣使迎请上皇，则直在彼，曲在我矣。此番不迎请，则上皇终不得返，边疆终不得宁，干戈终不得息。伏乞遣使奉迎，以承天心，以安民命。”

众臣奏上。景泰览奏，见众臣同词，即日遣都御史杨善、侍郎赵荣等，于二十七日起程。杨善、赵荣闻命，欣然就道，曰：“此吾等效命之秋也。”尚书王直、胡濙等奏曰：“迎复上皇，礼当从厚。”诏不下。有千户龚遂荣暗遗一帖于朝门下。胡濙、高谷等，正早朝进门，忽见一帖，令人拾起观之，其帖上写着：“上皇之出非为游畋，实乃巡视边方，为宗庙生灵社稷之计耳。今若奉迎，礼当从厚。迎复还京，犹当避位。行君臣之礼，尽兄弟之情，雍雍揖逊，则唐虞之事，复见于今日矣。”

众官见帖中之语，嗟吁良久。当时学士高谷曰："何不将此帖呈奏，感动上心，足见朝野同心。"谷遂袖其帖入朝，复将此帖示廷臣曰："武夫尚且知此礼，况儒臣乎？"王直亦叹曰："此'礼失而求之野'也。"朝廷闻有此帖，震怒，索之甚急。龚遂荣挺身谓搜索校尉曰："此我所为也，何必他索。"景帝后来心亦明悟，即赦之勿罪。当日胡濙忙办仪注。二十七日，杨善、赵荣等辞帝起程。

初二日，来到边境。克昂问道："你们既来迎请上皇，将何财物来迎？"杨善答曰："若将财物来迎，后人讥诮官人受财了。今若空手迎回，足见官人们有仁义，能顺天道，自古无这等好男子。吾国鉴书上备载官人们的好处，使万代人称赞。"也先闻言说："都御史说得是。"次日，领善、荣等朝见上皇。杨善、赵荣叩拜，不胜悲恸。上皇曰："朕不日回京，卿等不必恸哭。"杨、赵收泪，乃问上皇起居毕。也先设宴款待。

明日，也先又大排筵宴与上皇送行。酒至数杯，也先自弹琵琶，克昂奏笳，伯颜鼓瑟，皆奉酒欢劝。也先见杨、赵二公侍立于旁，便道："侍郎，都御史，可就坐坐。"二人连声答曰："上皇在上。安敢，安敢！"上皇顾二臣曰："既太师着卿等坐，便在下侧坐坐。"二臣拜伏于地，奏曰："臣等虽居草莽，安敢失君臣之礼？"也先见了，回顾左右道："中国有好礼数。"

正饮酒歌弹，克昂与帖木儿亦知书，通晓汉语，当时便道："俺们闻二位大人有大才。俺有一对，可求对之。"杨、赵即问曰："有何佳句，请道。"那克昂即举手中琵琶，乃道："琴瑟琵琶八大王，一般头角。"杨善即应声对曰："魑魅魍魉四小鬼，各样肚肠。"帖木儿、克昂等闻杨公之对，尽皆惊畏，俱啮指道："中国果有好人物！"愈加敬重。

初八日，上皇驾起。也先率众头目送一日程途。也先与众拜别而去，仍令伯颜并把台等率大众护送。行五日，到野狐岭。伯颜等道："此处乃华彝界限。”一齐哭道：“皇帝回也，何日复得见天颜?”俱各罗拜。上皇再三慰劳伯颜，伯颜方辞别回转。惟把把台、袁彬、高盘、哈铭、吴官童等带回。伯颜复差头目率五百骑送至京城。

上皇十四日连发书二封，先命使人赍回。十五日至唐家岭，又遣使回京，谕免群臣迎接。十六日，百官俱迎于安定门。此时百姓闻得上皇驾回，皆欢呼踊跃，扶老携幼，顶礼焚香，拥塞于安定门之内，齐呼万岁，声动山岳。上皇一一慰劳毕，乃从东安门而进。景帝亦至门出迎，下辇拜。上皇亦答拜，拜毕，相抱而哭。各述授受之意，推让逊避良久，乃送上皇至南城殿中。百官皆朝见，礼毕，大赦天下。上皇揖逊，当日自居南城宫殿。百官朝贺毕而出。景帝亦别上皇回殿。遂赐五百边骑赏物彩缎，发令回归。众辞朝去讫。且谈少保于公见上皇已归，北地和息，寇盗稍宁，惟虑先朝永乐年间降人，皆禄养于东昌、河间、易州、涿州、蓟辽等处地方，切近京师。三四十年间，人数众多，生长蕃盛，骄纵难制。日前也先入寇之时，多有乘机扰乱之意，为害非小。思今之计，乘此南征未罢，吾当举其有位号者，重与犒赏，随处安插，庶无相聚为乱之患。乃即日上疏奏闻，景泰览奏大悦，即降旨曰：“卿为国深虑，实有远谋，急宜相机区画。”于公乃即安插诸降人于广东、广西、湖广、四川等处，遂使积恶潜消，各为良善，宗社奠安，皆于公之功也。

## 第二十四回

# 于公荐贤置州县
# 徐珵改讳治张湫

于公见边方和好，并寇盗削平，外无侵边之患，内无鼎沸之虞，乃思安内抚民之策。且叛乱之后，地广民残，少官治理，乃奏保廉能仁厚之官数人以治之。朝廷允奏，各升巡抚一员，添设州县。于公保奏孙原贞为浙江巡抚，添设宣平、云和、景宁、泰顺四县，备置县官管理，因叶宗留扰乱之后，而置之也。又奏保王来为福建巡抚，添设永安、受宁二县，各置尹、丞、簿、典官掌理，因邓茂七扰乱之后而设也。复保奏李匡为广东巡抚，立南海、东莞二县，因黄萧养叛乱之后而设也。俱各置尹、丞、尉、典分理掌管毕。于公喜曰："吾料诸君必不负吾所荐。"

正欣喜间，早有人报进部来禀道："张湫河决，大水冲没漕船。"于公闻报，大惊曰："目今兵马众多，惟仗漕粮足用。今河决淹没，诚为可虑！"

即日具本奏闻。朝廷即敕工部尚书石璞、侍郎王永，治理张湫。石、王二公到任一载，未有成绩。当有徐珵闻知二人治水无成，自以为深知地理，特来见于公。公即见曰："元玉（徐珵字）特来，必有教谕。"徐珵说与欲往张湫治水之意。于公曰："吾倒忘了元玉才能。明日即当面奏，荐兄治水，以舒国忧。"徐珵甚喜，辞出。

明日，于公早朝毕。景帝御便殿，于公即趋入启奏曰："臣闻张湫河决，石璞一人莅任得疾，不能治理。谕德徐珵颇晓天文地理，乞陛下以河道委之，必能成功。”景帝未及宣言，旁有金英、兴安二监问曰：“这徐珵就是前年主南迁之人么？若是此人，因他识得天文地理，依了当日之言，这时候不知被边人僭到何处去也？”景帝闻得此言，就不允于公之荐。于公被二监当殿说出徐珵之事，跼蹴不安，只得叩辞出朝。

后过月余，时值新岁，群臣朝贺毕，各归。徐珵即造于公府中。一来贺节，二来即问起前所浼之事。于公答曰：“日前小弟面奏荐兄，奈内廷诸人知兄之名，当面阻挠，使吾不敢再奏。”徐珵默然不悦，即辞回，公固留酌，不肯而出。于是深恨于公。

明日，珵带了亲随数人，一径来见阁老陈循。循见珵曰：“元玉有何见教？”珵即将所事告之。循曰：“若内监有言，事不谐矣，非干于节庵之事。就是不佞，亦难保举公也。”徐珵即送玉带一条、明珠百颗与循。循曰：“何劳惠此珍贶。”遂留饮。因谈论间，陈循曰：“依吾愚见，元玉将尊讳改得，自当一力保奏。使内廷诸人不知，事无不谐矣。”珵闻言大喜，即领教而出。徐珵遂上改名疏，景帝允奏。改名有贞，字符武。留连月余，陈循果上疏保奏许彬、徐有贞二臣善度水势，可浚河渠。若命治水，必有成绩。内廷果不知为珵，无所阻谤。并以佥都御史星夜驰往张湫治水。

有贞闻命下，星夜到张湫来看地形。乃点检徒役，谓属吏曰：“吾观此处工役甚大，非经岁月，不能成功。视此数千疲卒，焉能用得？吾今散遣汝等，且休息数月，待吾巡历地势，然后召用。”徒卒感恩而去。有贞遂乘一小舟，穷河之源。乃由山东济州、汾州沿卫及沚汝，复往大河，过濮范，始回舟。其地形源流脉络，皆得之于心。乃召前遣回卒徒，皆依期而来。筑坝修闸，下柳填堤，以制水渠，以分水势。奈东堤沙湾，正当洪口处。今日并工筑得成，明日决坍；明日筑得，后日决坍。如此两月余，堤筑不成。许、徐二公闷坐不乐。许彬因而得疾，告病回家，只留徐有贞独任其事。有贞见筑不成堤，心中不乐，曰：“前者又是吾上本条陈。吾自谓希踪禹迹，不意今日不能成功，吾之命运也夫！”嗟叹良久。

一吏见徐公忧闷，上前禀曰：“老爷忧堤不能筑成，以小吏观之，其下必有缘故。何不捧箕召仙以决之？”有贞即问曰：“谁会召仙？”吏曰：“小吏自幼传得此术。”有贞曰：“汝既能召，可即招来，以决休咎何如？”吏即请徐公焚香，吏书符念咒，令人捧着鸾箕。少刻，果然箕动如飞。有贞见箕动，乃投词问筑堤不成之故。此时有贞端坐，令人叩问，毫无敬意。忽然仙箕索笔写诗一首，云：

虎皮端坐意何如？伊丈夫兮我丈夫。
品爵似君天下有，文章如我世间无。
黄封御酒吞三盏，醉扫番书笔一涂。
高力脱靴犹诮让，汝今祷事尚轻吾。

有贞见箕仙写出此诗，知是李太白降临，即忙离座，下礼叩祷曰：“徐某不知太白真仙降临，失于恭敬，望乞恕罪！”再三叩祷，那箕仍书十大字云：

若要筑堤成，西山访老僧。

写毕，不动而退。徐有贞心下明白，即问左右曰：“此处西边可有山否？”众人答曰：“右边有座西山。”有贞复问曰：“山上可有庵么？”众又曰：“山上寺院原无，人家亦少。只有一庵，名曰定禅庵。庵中有一老僧，在内诵经。尝有一白尾骡下山背斋，供给老僧。”有贞闻言，心中默喜，知是异僧。明日黎明，带数十余人行了两日，将至山边，忽见白尾骡山上奔驰下来。徐公遂令人取饭米斋供之物，放在骡驼的袋中，令人一齐跟着骡上山而来。果见翠岩峻壁，林屋洞天。又行过数十里之路，极其深窈，幽黑难行。徐公遂令人持火炬而行。行十余里，早见一平宽崇丽之处，上下山壁，皆如金色相映。内中又有石乳自上滴下，相接至地，莹然如玉，识者谓之金亭玉柱之景。

徐公看玩良久，行过半里，果见一石庵，庵中一老僧在内诵经。徐公并从人未敢进见，拱候庵前。徐有贞细观，果然是有行僧家。徐有贞并从人观看僧庵、僧像。正羡慕间，只见老僧诵经已毕，有贞忙过见礼。老僧答礼曰："山野朽僧，有何德行，敢劳大人亲自到此。"有贞曰："下官奉朝廷敕命，差筑张湫洪口。不料此洪口日用千夫修筑，日筑日崩，三月不能成一毫之功。昨者召箕仙，蒙李太白降箕，指示吾师。今特到来，望乞老师指教禅机。若能筑得堤成，上舒朝廷隐忧，下拯生民漂溺，实老师功超三乘，普救群黎之德。"再三叩问。未知老师肯指示否？

## 第二十五回

### 神僧指水怪形藏
### 于公存海涵度量

徐有贞当日在庵内，再三叩问老僧。老僧见有贞虔诚，对有贞曰："大人经纶天地，包括万理，岂不闻仁者无欲之言乎！"徐公心中顿悟此语，乃曰："如老师之言，莫非其下有巨鱼乎？鱼性贪饵，吾以丰饵巨钩，必能获也。"老僧曰："非小可也，非易取也。洪口之下，极其深邃。内有一怪，潜身幽底，似蛟非蛟，似鳄非鳄，形长力大，口能吐波发浪。所以才筑得就被他哄坍，非水势之恶也。皆因此怪在下搜决，因此难筑。"

有贞见说甚惊，乃曰："若有此怪，必用千夫巨饵，方能获捉。"老僧笑而答曰："大人虽用万人，亦难捉取。若必欲以人力胜，惹他性起，连附近人家，皆遭其害。吾今传大人一法，自然除恶，不损于人。"徐公忙叩问曰："老师有何妙法?"老僧曰："大人回去，可急取三五千担石灰，装载多船。先令人吩咐往来船只、附近人家，暂离此数十余里之外。限五日，不许人行动往来。至日，到于洪口，可击锣为号，一声锣响，齐把石灰倾下水底，急把快船飞摇放远，待水底石灰滚化，发蒸起来，此怪必然煮死。除了此怪，那时因水势而导之，堤必成功。"

徐公蒙僧指示，即叩谢辞转，急急与众下山回府。速差人取备石灰，按法行之。果然一夜后，听得洪口水滚如雷。少顷水高接天，冲倒近处房屋无数。居民预先得了晓谕，暂移无害。至第三日后，有贞见洪口水势不高，波平浪息，乃令人驾快船数只，前出哨看。哨船之人果见一怪，身长数丈，遍身鳞甲，头如猪而有须，前有二爪，后有鳞尾，形甚凶恶，浮死于水面之上。哨船人来报有贞。有贞亲往观之，果觉骇异。识者曰："此猪婆龙也。"

有贞连夜并工修筑，又三月，此堤将成，忽然大雨，连堤满涨，水甚涌溢。有贞又掉船细察其故，制数木鹅放水中，顺流而下。又投之以物，使人往数里候看，物与木鹅皆浮出，惟一处木鹅不浮，投之以物皆沉。有贞曰："此水源也。"忙令人塞之，不止，有贞闷思曰："向者蒙老僧指示，得除此怪，堤将有成。不料秋雨暴涨，洪水泛滥，其害终在。吾因思穷其源，今源已知其处，奈塞之不止。"

思量久之，不觉隐几而卧。少刻，见二人立于案前。有贞忙问曰："汝二人何人也?"二人曰："我河神也。先年因张湫洪水大泛，民遭漂溺。官司屡督工筑堤不就，役夫死者数千。吾二人不忍见众漂没，乃对天立誓，愿舍身以救万人。我二人遂跳入洪口，其下果有一怪螭在下，与战一日夜，被吾二人斩之。水就退，沙就长，而堤成。上帝怜吾二人为众舍身救患，敕吾二人在此守护洪口。今公水源虽寻着，而其下尚有龙窟珠渊，非石沙与土所能塞之也。"有贞忙问曰："用何物可塞?"二人曰："可铸长铁柱，与大锅底贯坠于下，自然塞住。"徐公闻言大喜，问二神何名。二人曰："吾乃郝回龙、郑当柱也。"言毕觉来，乃一梦耳。

有贞忙出厅问之，适东平判官王震到厅禀事曰："卑职蒙差浚河，前日见一石板上书着：'郑当柱、郝回龙为众舍生。在水中，幸遇王州判，移我显圣河东。'卑职不敢隐默，特来呈禀。"有贞闻言，心异其事。遂语以适才得梦之由，王州判曰："此分明神之显圣，大人当急为之。"有贞遂依梦中所传之法，用铁柱铁锅下之，随用石沙去塞，渐塞渐筑，而堤遂成。有贞感二神传法，乃建祠奉二神于洪口。复上疏二神之功绩灵显，遂名其庙曰“显惠”。至今往来商贾居民祷祀之。

有贞乃从金堤张湫起，逾百里而至大猪潭。西南行九里至濮阳，又上数十里至范阳，又上数百里经澶渊，以接河沚，其水势随平。凡河流旁出不顺者，筑堰堰之。堰有九处，长阔皆万丈。于是水不东冲沙湾，更从北出，以济漕渠之浅涸。又于数百里之中置闸，由龙湾于东昌、魏湾，共置八闸。积水过丈，则放泄皆通，流于古河，以入于海。又铸精铜、精铁，杂为元金之物象数百斤，以镇定之，取金水子母之义也，名曰广济闸。历三年，功始完备。有贞共差人四万五千，分面作长役者一万三千。用木植大小十余万，竹六十余万。至今漕运，并商贸船只，往来称便。

徐有贞筑堤成功之后，寻思往日西山老僧指示之功，乃令人备礼，前往致谢。数日回来，禀复道：“小人们蒙差遣，仍用寻踪到庵。只见松崖翠壁依然，金亭玉柱如旧。其庵空，其老僧与白尾骡，不知所往。但见石庵柱上，高题一偈，写着留与治水徐公。因此小人们录此偈呈览。”其偈云：

指示汝成堤，从此赖无虞。

日前多朗照，后渐进弥迷。

越五重华曜，于忠实尔为。

南金当有遇，归莫检篇遗。

有贞看毕，不解偈中之意。乃曰：“此真神僧点化，吾得除水怪以成堤功。恨吾归心太急，不曾参问得禅机。若再相恳，必有教益。可惜无缘。”嗟叹一回，留月余，乃治装还朝。朝廷因有贞治水有功，升礼部侍郎，加佥都御史，支二俸住京。其年京师大旱，有贞荐唐段民能祈雨。段民应诏，果祈下甘霖尺余，不致饥歉。不多月，段民得病身故。朝廷遂荫一子入监。

有贞在京一年，因国子监缺祭酒，复浼于公保荐，于公即使保奏。过数日，于公奏事于文华殿。景帝独宣于公至面前，曰：“徐有贞虽有才华，然其心术机险，岂堪为祭酒耶？若用之，岂不坏了后生辈也？”公见谕，惟叩谢辞出。左右见景泰召公当面，遥闻有贞祭酒之旨，传与有贞。有贞只道于公不荐他，又在上前说他过失，甚恨于公。两次不如所愿，遂尔成仇不解。冤祸于此基矣。

于公平日只知辅君匡国，练兵养民。惟直道而行，于心无愧，不知旁忌匿怨者多时。有兵部侍郎王伟，原任职方司郎中，于公见伟有才思，遂保举为本部侍郎，镇守大同诸处。前者于公遗计于伟，致小田儿（贼名）之死。遂召回同理部事。未几，于公以多事匆忙，偶然诖误一事。王伟遂密奏于帝。一日，景泰召公于便殿，以伟劾疏面授于公。公叩头认罪。帝慰谕曰：“朕自知卿，卿勿为虑。”于公蒙景泰授王伟之疏，感恩叩谢而出。

王伟见于公回部，忙出迎曰：“今日有何圣谕？何事商榷回迟？”公曰：“姑进内言之。”既到堂，伟又曰：“圣上何事议论？”于公笑曰：“老夫政事冗繁，稍有不是之处，贤弟当面言之，不佞必然相从，何忍为此。”遂出袖中所劾之疏与之。王伟局蹴无地。公复慰曰：“不佞素无夙憾。自今之后，有不到处，烦贤弟面教，足见雅情，不必介怀。且国家多事之秋，部事非一人可理。得弟辅成，足沾厚意。”王伟此后愈加恭敬于公，公亦厚待王伟，无纤毫芥带于心。有事彼此商议，然后施行。公一日与伟商榷兵政，忽有人报道：“广西总兵武毅上本劾奏思明州士官黄玹弑兄大变事。”公正欲问时，早有武毅揭帖呈上。于公看毕，查访其事。不数日，人报道广西思明州土官黄玹有本奏上。朝廷旨下，着众官会议。未知所议何事。

## 第二十六回

# 江渊为亲访智客
# 景泰立子建东宫

于公当日正与侍郎王伟商榷兵务，忽有人报道：“思明州守备黄玹有本奏上，朝廷命各官会议。”于公闻报，忙差人查访其事。且谈黄玹原是广西思明州土官，初为宣尉司，后因有功，升为都指挥使，守备浔州。珑乃庶出者，有嫡兄黄㺩，世袭思明州土知府。黄㺩年老，止生一子，名曰黄钧，应袭知州之职。黄珑屡欲谋杀侄儿黄钧，夺其职与自己之子。一日假传巡抚军令，征兵思明州。乃令己子纠率心腹骁勇千余人，离府城十余里结寨。待至更深，夤夜破其城，攻进黄㺩府中，喊叫道：“黄㺩残虐我众，特来报仇！”尽杀黄㺩并其子黄钧，将二尸砍为数段，纳于大瓮之中，埋于后园，即领众还寨。

明日，思明州有人报至浔州，黄珑佯为不知，惊哭倒地，随即走到思明州来。一边发丧，一边令人寻黄㺩父子尸骸，竟不能得。复大哭写榜出示，假令人缉捕凶身，报此家门大仇。不料黄珑令众杀㺩父子之时，有㺩之仆福童见玹父子并左右之人，其夜福童脱走，明早竟到军门总兵二处告理，首诉玹父子杀㺩一家。人皆知黄玹杀㺩父子情真事实。巡抚李棠，总兵武毅，察知黄玹弑兄，劾奏其罪。玹知不可掩饰。心中大惧，即命其子带十万金来京师，求解脱之术。

原来黄玹与学士江渊有亲。玹子潜地来京见江渊，恳其解祸。江渊曰：“汝父子造恶深重，祸不可解。”玹子再三哀求，渊不肯尽计。玹子曰：“久闻京师有称智多星吴矮子，其人可晓？”渊令人访之果有。玹子即造其家，见其人身不满四尺，言语颇雄壮。玹子遂送厚礼，说其来意。智多星道：“吾有一计，此事不但免罪，且有升赏。”玹子闻言，忙拜于地，叩求其计。吴矮子欲言而又忍者数次。玹子复送千金。吴矮子曰：“今上登位多年，屡欲立己子为东宫。每每形于言语之间，无人敢发其事。汝可急回，将此事奏请。即能免害。”玹子闻言大喜。辞回来见江渊，说知其事。渊曰：“计虽好，吾不忍为。”固却之。玹子乃请人做成本稿，适值黄玹又遣心腹千户袁洪带万金来京。玹子与袁洪说知其事。候三日，遂令袁洪待景泰设朝赍本。廷臣奏有广西都指挥黄玹，令千户袁洪赍密疏奏上。其略云：

广西守备浔州都指挥使臣黄玹，切念太祖高皇帝，百战艰难而取天下，期传之万世。迩来上皇轻身北狩，文武将吏，十丧八九，几危社稷。不有陛下，臣民何归？今即位三年，皇储未定。臣惧人心易摇，多言难定。争夺一萌，祸乱不息。皇上即循逊让之事，复全天叙之论。恐事机叵测，反复靡常。语曰：“天与不取，反受其咎。”近日仰观天象，土星逆入太微垣，与诸灾异，皆可畏愕，愿早留意。万一羽翼长成，权势转移，寄空名于大宝，委爱子于他人，阶除之下，尽为仇寇，肘腋之间，自相残蹙，此时悔之晚矣！乞与诸大臣密定大计，以一中外之心，以绝觊觎之望。臣不胜瞻天仰圣，急切屏营之至！

景泰览疏毕，大喜曰：“万里外有此忠臣！”遂下诏，令毁武毅、李棠等劾黄玹弑兄大恶之本，不许留藏副本。急降旨着廷臣会议释黄玹罪，加升玹为广西都督，佩征西将军印，居武毅之上。是月乙酉日。礼部尚书胡濙、侍郎薛琦，集文武群臣廷议，皆相顾莫敢发一言。迟疑久之，当有司礼监太监兴安厉声对众曰："此事可行即行，不可即已。无得鼠首持两端耳。"群臣闻言，皆唯唯欲退。此见兴安不忍易上皇储君之忠心也。当时阁下陈循等见众欲退，乃即署名。后都御史王文等，驸马众侯伯薛垣、李瑾等，尚书何文渊等，侍郎项文耀等，学士商辂等，御史王震等，以次署名。惟尚书王直、于谦，给事林聪，御史左鼎数公，甚有难色，不肯署名。陈循自执笔劳之，强署名。亦无人敢写复疏之语。各默然不肯下笔。时有何文渊对众曰："诸公不肯落笔，某有属对，为诸公首作。"乃即提笔曰："天佑下民作之君，父有天下传之子。"众官皆唯唯而服。陈循乃率廷臣面奏曰："陛下膺天明命，中兴邦家。统绪之传，宜归圣子。黄玹奏是。"

景泰闻奏，心中大喜。乃下制曰："可。朕启请圣母上圣皇太后。太后曰：'予老矣，愿社稷安，天下得太平。今人心既如此，不可拂。'朕敬承慈命。乃命礼部具仪注，择日以闻。"制下，礼部尚书胡濙具仪注。景泰即日简选立东宫官僚，以陈懋、胡濙、王直、石亨四人为太子太师，柳溥、陈循、高谷、于谦为太子太傅，张軏、何文渊、刘深、俞士悦、石璞、陈镒、王文、王翱、张軏九人为太子太保、江渊、王一宁、蒋磁为太子少师，李锡、萧维贞、刘中敷、罗通为太子少博，商辂、项文曜、彭时、周旋为太子少保，赵荣、徐有贞、李绍、刘定之、吕原、柯潜、李侃、岳正、周洪谟、刘俊、李泰、林聪、赵昂、杨钦、王政等，皆为春坊、谕德、詹事等官。凡东宫官僚，俱加公孤，并支二俸。

景泰三年五月初二甲午日，立见济为皇太子。废皇后汪氏，立见济母杭氏为皇后。封上皇长子为沂王，即成化帝。上皇次子见清为乐王，见淳为许王。汪后令居别宫。乃下诏云："天佑下民作之君，实遗安于四海；父有天下传之子，斯本固于万年。"于是颁诏遍告中外海内臣民，大赦天下。

先一日。礼部排列仪仗，在于奉天门下。忽有男子赤身手执一朱红木棍，直奔进奉天门下，奋力大呼道：“先打东方甲乙木。”复大叫一声，只一击，把排列的香案打碎。众侍卫见之，拿住这男子，待罪于午门外。后有诏下锦衣卫勘问，众官究问其事。此人初被拿之时，似醉梦中，一无所知。及下狱勘问，那人忽然抬头一看，惊讶道：“为何在此把我拷打？”刑官问曰：“汝这男子，又非失心疯，如何自来寻死？”此人诉道：“小人正醉酒睡着，忽见一将官赶来道‘快走’。领小人在亭子边，把小人手拿住，打那亭子。那将官道：‘打得好，感动他的心。’说罢，那人把小人一推不见了。如今许多爷爷在此拷问我为何？”众官见他说得奇异，相顾曰：“不知是何神使为之？”遂不拷问，仍囚狱中。此事甚异。

景泰既立见济为太子，凡文武官吏、军士、太学诸生，无不受赏。时人谣云：“满朝皆太保，一部两尚书。”又加赏陈循、高谷、江渊、王一宁、商辂、王直各赤金五十两。惟尚书王直受赏回家，将金子掷地，叹曰：“此何等大事，乃广西一逆贼擅敢为之！”乃上本辞职。朝廷不允。又李贤先前托疾不署名，今亦托疾不肯受职。朝廷自立见济之后，四方灾异，种种迭见。不期太子见济忽然于十月廿七得疾，至十一月初四日薨。景泰大哭不已，七日不朝。后择日葬于西山，谥曰怀献。

时于公见灾异屡见，上疏辞爵，乞归田里。其略云：

臣谦切见自去岁冬间以及今春，时序乖和，雨雪不降。复于二十二日大风昼晦，日光沉伏，切惟灾沴之来，必有所由。天人感召，其应不虚。伏念臣质本凡庸，性复偏执。时遭明盛，位极人臣。既居师保之官，又兼六卿之职，臣才器不逾于常人，声望弗协于舆诵。报国之心虽切，而济时之术全疏。经济之学蔑闲，而辅导之职莫称。上不能寅亮天工，以为朝廷之助，下不能阜安兆庶，以底太平之休。兼且素乏统驭之能，匆称总戎之任。今四方多故，百姓流离。东南之寇盗虽平，西北之边报常至。综理勘定，困难其人。苟臣蒙耻而冒荣，其奈妨贤而偾事。引咎思退，分所宜然。

伏望我皇上宸断，罢臣职务，遣归田里。另选贤良，以代今职。上回天意，下协舆情，以彰我皇上知人之明，以免愚臣固位之责。臣不胜战栗，待罪之至！

奏上。未知朝廷准否若何。

## 第二十七回

# 两忠臣谏诤遭谴
# 女妖精遇正现形

于公上表固辞。景泰再四勉留，只得仍旧供职。帝因怀献之亡，日夕在宫流涕，不视朝者数月。时有监察御史钟同，素怀忠鲠。因景帝易上皇储宫为沂王，每独坐深思流涕。尝欲上疏谏诤，蓄意而未及。后见怀献身薨，即欲上疏请复。适遇礼部郎中章纶过访，钟同遂问章纶曰：“桐山（纶字）有何事见教？”章公出袖中复后复储之疏。钟同看毕，曰：“弟有此心久矣。”亦出所奏之疏与章公看。纶曰：“可见二人同心。或得天佑，感动上心，复后复储，少舒一念之诚。愿显狄梁公之微忱，甘受殷比干之惨酷。”二公慷慨泣下。钟公遂嘱咐家人曰：“明日可抬棺木在朝门俟候。”二公作别，各呈稿与堂官看。钟公送稿与都御史刘广衡。衡曰：“此本不宜上，上之恐有不测之祸。”二人不听所言。章公亦送稿与礼部尚书胡濙。濙曰：“二位何自处死？”纶曰：“某等已置死生于度外。”

明早，遂共进其疏，云：

礼部郎中臣章纶，监察御史臣钟同，奏为奉养圣躬以敦孝义，恳复后、储事。臣等切见先年太上皇帝拘留北地，皇上抚有万方，屡降诏书，以大兄皇帝銮舆未还，敌仇未报，为上皇之心，即尧亲九族，舜徽五典之心也。赖郊庙神灵，陛下圣算，迎归上皇于南宫，可谓遂至愿也。昔太上皇帝君临天下，十有四年，是天下之主，与陛下同气异胞。陛下曾受封册，是上皇之弟，亦上皇之臣也。况上皇天性谦冲，意无被此。伏望皇上于朔望日，或节旦，率群臣朝见上皇于南宫，以敦同气之情，以隆君臣之礼，则天下国家之福，万世帝王之法也。臣等切见北极五星明朗，以臣观之，是复中宫之象，不虚其位也。前诏册妃汪氏为皇后，以厚大伦之原，是已正位中宫，而孝敬勤俭之德，闻于中外矣。又诏册世子母杭氏为皇后，是固母以子贵，而中宫久让而弗居。不意世子薨逝，臣民痛心。皇上当复召汪氏于正宫，则六宫之仪范既正，而国家之本，风化之原，自可表率四方，流传万世矣。至于皇上推念同气之谊，诏沂王复居储位，以候皇子生。如此，则五伦全备，而和气充溢于宫廷；万姓爱戴，而欢声洋溢于四海。殆见天心自回，灾异自弭，而外寇不足平矣。臣等不胜战栗冒死以闻。

疏进，日已坠西矣。景泰看毕，大怒。时宫门俱闭，乃传旨从门隙中出，命锦衣卫官，即刻捕二人入狱。时章、钟二公，从早晨在朝门外，俱抬棺木俟候。候至晚，忽内廷旨出，命捕二臣。二公即往狱中。

第三日，又有旨命刑官勘问，必有与在朝大臣或同南宫通谋者，着严加拷掠。刑官奉旨，遂大肆拷掠，令诬引大臣通谋等事。二公曰："此事出于吾二人本心，有何通谋者？今日拷死于刑下，吾所甘心。虽斩之西市，慨然就死！"刑官必欲迎合上意，重加拷掠，几死者五六次，并无一言牵及他人，但曰："皇天后土，得上复后复储，圣心感悟。吾二人朝闻俯从，夕死得所矣！"果然苍天垂念忠义，忽然风雨交加，黄沙四起。三日，景泰亲见天变，亦有悔心，乃密令锦衣卫官缓其刑梏，令禁锢终身，勿得言事。

一日，于公因景泰召见便殿，公候谕完，乃即面奏曰："臣切见怀献太子立未逾年，即拘疾而薨。此亦天意有属，非人力所能强也。近章纶、钟同所奏之疏，未为无当，乞陛下容宥。"景泰闻言，怫然不悦曰："卿亦为此言耶？"即命驾进宫。公悚惧而出。当有内监兴安见公奏语，亦叹曰：

“此足见于尚书忠心为国固本也！”后于公被石亨、徐有贞诬迎立外藩，不保奏复立皇储为言。于公曰：“我曾面奏复立沂王与章、钟之奏可宥而优容，行之未为无当。此言景泰近侍内臣皆知之。”时上皇诘问内廷数人，人人畏罪，不敢言有此语，而公之冤不得白。吁！此亦公之数也！

且谈边上巡抚副都御史年富上本劾奏：“总兵石亨蒙蔽冒功。将手下伏役厨子杨增，自小在石亨家做厨子，并无折箭之功，乃冒军功，授千户之职。其父杨海，亦冒授指挥之职。此皆冒军功，擅爵赏，欺朝廷。臣职居总制，不敢隐默。谨此奏闻。”旨下，着兵部知道。于公见了，遂写牌着人戒饬石亨。石亨见牌，心中不悦，深恨于公，反疑公故令年富劾他，不知于公曲庇石亨多矣。先年上皇回国，朝廷骤升石亨为武清侯。亨自思，吾虽有战功，而安邦定国之功，于公之力为多，乃列举于公屡次大功，请官其子。景帝即封于公之子于冕为府军前卫千户。公即上表辞子之官，复曰：“用人之权，在于君父，石亨乌得而主之。”亨闻此语，心中甚恨，曰：“吾之好意，反成恶意。”如今又见公之戒饬愈恨，遂不遵戒，往往冒功坏法。

于公闻之，奋然曰：“朋友私情，君臣大义，安得以私情而昧公义乎！”即上疏劾奏其贪冒。疏上，朝廷旨下。即拿杜山、郭亨、杨增等提问，仍写敕戒谕石亨并各营：“不许仍前罔上辜恩，及纵容下人受财坏法，如违，一体治罪。”石亨见朝廷拿了冒功人等，又查革了杨海官职，心中忿忿不乐，怨恨于公。一日，石亨遇着吏部尚书王直于途中，亨即下马，将前次于公奏劾之事，一一诉知王公。王尚书答曰：“于节庵一心为国，只是太甚了些。石元戎汝亦不必介怀，俱看朝廷分上。下官明日当设一席，与二位欢释。况当国家多事之秋，若得文武同心，国家庆幸。古云：将相和，则士卒附。士卒附，则国家安。国家安，又何敌之足畏也。石云衢切勿介意，吾当与公释怨。”言毕各别。

王公明日果设席，专请于、石二公，饮酒解和。此时于公见四方寇盗稍宁，又是王公相请，乃即造王公之府。其时石亨已先在王公府中等候，门人报于公至，忙出迎接。各相见礼毕，王公即开言曰："前闻二公之事，下官薄设，特为二公释情消踪。值国家多事之秋，正将相协和之日。"于公笑而答曰："承抑庵（王直字）公之雅情，敢不领教！正所谓国事交情，两尽之耳。"复顾石亨曰："老兄岂不知不佞素性执直，何必介怀?"遂相与座席，俱开怀畅饮。款洽多时，谈讲些国家政事。因话之间，于公对王公曰："当年吾遇石兄于山东旅店，僧人兰古春相吾与石兄并令侄参戎，俱至将相。今日果然，真神鉴也。前年闻古春病亡，其徒西白来谒，吾厚赠之遣归。"亨亦曰："古春神鉴，小弟至今念他，不知已故。"王公亦曰："吾已曾闻兰古春相术，惜乎不曾相会。"会谈欢饮已久，于、石相谢王公，辞别各回。

明日，石亨即设筵相请王、于二公，二公亦各欣然而至。亨大开东阁，盛馔丰肴。食前方丈、优人、杂剧，迭相演戏，自午至申。石亨又令换席后堂，复邀二公进内款宴。仍命一班女乐，吹唱劝酒。石亨见二公忘怀畅饮甚悦，复令人唤侍妾桂芳出来，歌舞侑酒。于、王二公曰："扰深矣，何必复令宠姬出来?"石亨定要款留，又着人进内催促桂芳，芳不肯出见。亨对二公曰："小将向日镇边闻得有警，亲领数卒前往巡哨。偶见此女投河，急令人救之。问他，他道商人之侍女。因商出外经营，年余未回。其妻凶悍，逼迫不过，故此投河。小将闻言，即欲送归。彼言若归必死，即欲请吾剑自刎。吾甚怜之，因带回家。不意此女歌舞吹弹，琴棋书画，无不通晓，虽优人选妓，不能及也。今承二公光临，正当令他出来侑酒。"言毕，复令人催之三四次，不肯出来。于公曰："他见吾二人在此，不欲出来。就罢，不必再速。"言罢，于公即欲起身。石亨再四款留，亲自来唤其妾，妾只得出来相见。

那妾见了于公，欲进不进，欲言不言，只低着头，把那身子在夹壁边缩将去。石亨见了，大喝曰："贱婢！不歌不舞，做出这般形状何也?"那妾见于公严威凛凛，正气昂昂，又被石亨一喝，把身子一侧，响一声望夹壁内挨进去了，连身子通不见。石亨看见，喝骂曰："贱人这样作怪！如何把身子通挨进夹壁巷去。汝快出来，饶汝之罪！如少迟延，拿出斩汝为两段！"只听得那夹壁内说道："将军不必恼我。我原非是人，乃花月之妖，多年老桂成精，变作女身。因见主帅心地有偏，故来附你。别时宴客，尚可出来歌舞劝酒。今日于爷在此，见他正气昂昂，忠心耿耿，神人也。我妖邪焉敢上前相见？故此回避。亦我之数该尽，从此永别矣。"大哭一声，壁中寂然不响。

石亨见说，惊愕半晌。王、于二公，亦异其事，皆起身到壁边看时，寂然不闻。于公叫取剑来，砍开夹壁看时，果见一老树，约长五六尺，上有毛发，内中有微声。石亨见了大怒，忙取剑砍之，分为两段。内有血滋滚出，腥秽难闻。王、于二公皆讶其事，遂辞石亨而出。彼时尽骇其事。

王、于二公，一路并马而行，曰："世间有此怪异之事?"于公曰："古来有贞妇化为石，彭生变为豕，理或有之。"王公曰："今日妖邪，亦称公正直，避不敢见，若武三思之妾，不敢见狄梁公，事同一辙。以予观之，公之正气，更迈于狄公耳!"于公曰："不敢。妖言不足信也。"二公一路嗟呀各回。至第三日，于公亦答一席。惟王公赴酌，石亨因病不来赴席。

且谈石亨送了于、王二公出门，即令人拿出妖树，架火焚之，烧得滋滋有声，臭秽难闻。石亨闻了臭气，因此得疾。自思曰："吾为将帅，死吾手者，不知多少，今反被一妖所制。"心中不乐，病日沉重，举家惶惶。当有石亨心腹卢旺、彦敬等诸人闻亨病，即来问安。请医调治，并祈神问卜，未见痊好。石彪亦差指挥杜清来问安。清禀曰：“大同石爷闻知大爷贵体不安，特差清来问安。”石亨曰：“吾只为妖邪所干，自觉不乐，以致成疾。汝等替吾访有推卜应验者，以诀吾之休咎。”杜清闻言，即忙禀曰：“有。”不知杜清所言何人？下传可见。

## 第二十八回

# 神卜幸邀元帅宠
# 忠臣得赐御医看

杜清禀曰："太爷曾闻得神算万祺、神卜童先否？"石亨曰："吾亦闻万祺之名，未知他推算之术，果有效验否？"清答曰："万祺乃江西南昌人也，自幼曾遇异人相祺，曰：'汝欲富贵乎？'祺曰：'富贵谁不欲。'祺知此人是异人，乃再三问叩。其人因留一书与之，言曰：'用此不但致富，他日贵至二品。'祺拜谢于地，抬头起来，不见其人，知为神授。观其书，乃《禄命法》也。遂研精其术，以推算为名，多有奇中。若令一推，穷通富贵，过去未来，生死如见，不能枚举。但略道一二以证之，或有今隐而后明，或有先讳而后显。"石亨曰："试言之。"清曰："万祺曾判一吏梁姓者，隐而甚验。批云：

二十年来管一州，常将一笏在心头。迢迢有路行将去，又有收成在后头。

梁姓者自以为吏员出身，它日必有一州官做，心中暗喜。不料为吏将及七八年，为受枉法赃，被人告发问徒，无钱赎罪，只得自去当徒摆站，扯拽行船，于是方省祺推算之神。"

石亨闻说笑曰："果隐而妙。还有试言。"杜清复禀曰："又有一人，冬天生起背疽垂死，因请万祺推算。祺批云：

腊月病疸不为苦，只恐他年正月五，撞出一匹花面虎。一声锣，一击鼓，这个苦，真是苦。

患疸之人，果然痊好。因思道：‘我家颇丰，必不为盗。安有一声锣、一击鼓之事？我自今以后，不进深山，何能遇虎？’遂不把批语为念。过了六七年，正月初五日，要回拜人家节。乃骑一匹马，从河边经过。不料小儿一伙骑着竹马，头带虎面，敲锣击鼓，从侧里行将出来；又带着虎头，一路跳来。那马闻得锣响，见了虎头，只一躐，把那人倒掀落水。天气甚寒，冻死于水。此‘真个苦’之验也，又有一吏两考已满，意欲上京，援例候官做。乃借贷诸亲友银二百余两。正欲上京，偶路遇万祺求其推算。乃批云：

不要援来不必援，不援方可省其钱。正月十五正团圆，家家欢乐处，灯下打秋千。

那吏见批说‘不援’‘省钱’之句，欲行又止。自思钱财已得在手，如何不行？遂不依其批，来到京中。不期中途落水，银两已没，又失了帖单。脱得命回家，又欲设处银两，干办帖文起批，仍旧上京。时值岁逼。亲友又无人肯再借者，延至正月十五，见家家鼓吹欢乐，惟此人悒悒无聊，忽然差了念头，遂缢死于灯棚之下。此乃是‘灯下打秋千’之验也。祺在京师，多与贵官达士推算皆验，乃致富，加纳为鸿胪寺主簿。主帅心疑，何不令人请来，问其休咎。”石亨见说，即问曰：“可着谁人请来？”杜清曰：“卑官与祺向有一面，当得亲去请来。”

祺见清不敢推却，即同清到亨府。石亨扶病以礼相见，分宾而坐。即曰：“久闻先生大名高术，有一二官将，敢烦推评。”祺曰：“小官才劣术疏，恐有负元戎招谕。”石亨先将一二心腹将官，与祺推卜，果有先见之明。亨乃将自己年庚，要祺推算。祺即细细推评较卜。乃援笔批云：

一生富贵未为足，近有妖邪来附惑。

再后功爵实轩昂，数月之间封大国。

慢夸绫锦有千箱，个中还须用一幅。

既封其国，毁恰其屋。

石亨见其批，心甚服之。但内中三四句，觉是好言。惟“毁屋”之句，似非吉语。乃再三问曰：“‘毁屋’之言，烦先生明以告我。”万祺曰：“日后自有验处。”石亨怒曰：“吾所劳公推卜者，正欲指迷途耳。何故托言后验?”祺见亨怒，即曰：“此亦应元戎后头好处也。‘毁屋’之说，元戎那时加封当造殿也。祺被元戎逼，故泄此言，帅爷当慎之。”石亨见说，心中少解，欲请祺为幕宾。万祺再三辞却，亨乃厚赠。后景泰得疾，亨常召问，其故多验。未及半年，景泰病笃。亨暗令杜清问祺。祺曰：“必不能起。”复暗问天位大事。祺对曰：“皇帝在南宫，何必他求。若依某推之，应在丙午日，当复位也。”后上皇复位，即日召祺，遂封为太常卿，累迁至工部尚书。

且说石亨虽闻万祺解说，心中尚有狐疑。杜清复禀曰：“万鸿胪推卜甚精，若太爷尚有疑心。何不再召童先一卜，其疑决矣。”石亨曰：“善。汝即去请童先来。”这童先自幼两目青盲，投师学推卜之术，深明卦理，言无不中。在京师每与贵显往来，人人钦信。正统己巳之变，上皇在北地时，有中贵人曹吉祥与童先往来，私下要童先推上皇休咎。童先卜曰：“仅有一年之厄，不久即归。”曹吉祥遂奏闻太皇太后。太后果见上皇一年归国，即命朝廷赐童先一官，以旌其能。遂授先为百户，自此驰名。当时石亨闻杜清之言，即命杜清去请。

杜清去不多时，与童先并车到府。清忙令童先进见。石亨见了童先，心中甚喜，遂令卜目之疾何如。童先即取出三文金钱，放在象牙筒内卜之。便笑言曰：“石爷贵恙，不出五日即痊好。”石亨尚疑万祺“毁屋”之批，复命先卜之。童光仍把金钱复一卦，大人笑：“好，好，好。不出半年，当有封爵。主一门荣显之卦。”复曰：“某亦有幸在其中矣。”石亨闻言大喜，即留童先为幕客。果五日之后病痊，仍出提督军务，厚赠童先金帛。先在帐下与亨深相契合，言无不从。

且说于公自知权柄太重，恐履危机，屡上章乞归乡井。景帝不允复赐第宅褒功。于公心愈不安，上章恳辞。景帝必不允，留之愈甚。于公感朝廷之恩。每回家中，必与其子冕曰：“吾本书生，不知兵机。圣主正值忧勤之际，吾分必以死报之，遂不揣调度军马。区区犬马之劳，顾荷宠异之重。汝宜砥砺名节，毋忝朝廷官尔爵尔之意。”冕承教诲，终身不忘父命。于公身当权盛之时，正群小侧目之际，公一心为国，不计其他。日则决断机务，夜则独处朝房。景泰平日所赐衣甲、鞍马、袍带、凉伞，悉封记于所赐宅内。时有闲暇，常往一视。至于俸禄，尽赏有功军将，家无余蓄。数年之间，安内攘外，剖决机宜。日昃未遑饮食，至晚平章国务。入朝即面奏其事，出朝手自书疏，夜半乃罢。公常有大关系于心，不自安者，辄叹曰：“吾这腔热血，不知竟洒于何地？”闻公此言，不由人不泣下。忠臣为国忘身如此哉！公殚力劳神，渐染痰火之疾，喘急不能理事。仍上疏辞职告退。

景帝闻公有疾，即差太监兴安问疾。兴安承命到于公宅中，见其自奉菲薄。且三年前夫人董氏病故，公遂不娶，亦不蓄侍妾，所以子嗣只一人。公当病时，惟养子于康伏侍，公子冕侍奉汤药。兴安一见，嗟叹不已，曰：“此实天赐斯人，辅我国家中兴之业。”乃传御音慰谕公疾。公闻朝廷遣中贵人问疾，带疾披袍，令子冕扶至中堂，俯拜谢恩。谢毕，乃对兴公曰：“某有何能，感蒙圣上垂念腐朽，劳公远临，万死难报圣恩！”兴安曰：“万岁爷闻知先生身体不安，特命某来问慰。吾想公之贵恙，总为国家多事之秋，劳神殚力，因此渐染而成，料亦无妨。自古吉人天相，且公素忐忠贞廉洁，天亦佑之。不必过虑，请自宽心。”于公答曰：“感蒙圣恩浩大，区区犬马微劳，虽万死不能稍报。恐目下所患之疾深重，顷刻痰喘，语言气塞，呼吸之间，不能上下，只恐死不塞责耳。今蒙宽慰，敢不自调摄而烦圣虑，与公厚德也。”

正谈间，于康进堂报曰：“朝廷又遣两位御医董宿、孙瑛来视疾。”于公忙令子冕出迎。二医进内。未知诊视于公之恙何如。

## 第二十九回

# 良医诊出病源
# 御手亲烧竹沥

二御医至，兴安又对公曰："吾亦同公子出外相迎。公且安息片时，少间好视公脉。"公闻言致谢，乃进房少歇。兴公与二御医吃茶之际，二医见公家如此俭约，各相谓曰："一富庶之家尚多侍女仆从，犹且奢靡。况官居极品，身为宰辅，乃能如此，真社稷之臣也！"叹羡良久。于公子遂请二御医同兴公直至公房，诊视公疾。御医见公曰："某等久蒙台傅覆庇，未尝得望见清光。今荷朝命，得谒台前，足慰生平。公乃国家柱石，想谋谟殚神，致成此恙耳。"于公曰："久闻二位国手高名，奈国事繁多，未遑请教。感蒙皇上圣恩，念及庸朽，劳二位垂视。有先生则活，否则弃捐沟壑矣。"二医答曰："台傅何出此言？某等视公神色五彩不昏，听公尊音朗朗不萎，望闻二事，已知其无伤矣。"公曰："不佞自揣病入膏肓。"二医曰："公请宽心，容某细加诊切。"乃交相诊视，细按病源。二医曰："公之恙，乃劳神过度，七情所干，痰郁于中，火炎干上。肺受火邪而不能降，故加喘急。频嗽痰壅，胁痛而不能眠。"公闻二医讲出病源，果神妙透彻。即浼二公撮药。二医曰："诸药俱备，惟少竹沥。此疾非竹沥不能利其热结之痰。京师地寒，笋竹俱少。"兴安闻御医之言，乃曰："若要取竹烧沥，除是万岁山有竹。必须奏过皇爷，方可采取。"于公遂令人办饭，待兴公与二御医。于公命冕侍陪。酒饭毕，董、孙二医与兴公辞别于公而出。二御医具奏于公得病之源与用药之方，浼兴安带进宫中复命。

兴安进宫见帝，奏曰："臣婢到于谦家，亲传万岁爷玉音，慰问谦疾。于谦即扶病谢恩。家中并无妾媵，只有一子、一仆，供奉汤药。所食之物，亦甚菲薄。臣婢看见，正叹嗟间，适值御医董宿、孙瑛承命诊视谦疾，曰：'疾结于胁下，非白芥子不能达。疾逆于胸中，非竹沥不能利。'言诸药皆有，惟少竹沥。今京城地寒，奈无嫩竹烧沥。"兴安奏毕，即呈上二医所具病源、药方、奏章。景帝览毕，遂问兴安曰："何处有竹?"安忙奏曰："惟万岁山有竹。"景帝即命驾，亲到天寿山来伐竹烧沥。复撤御前饮馔，即命兴安、舒良赍赐与于谦。公感恩涕泣，对舒良曰："蒙圣恩宠异之隆，万死难报!"良曰："万岁爷灼知公为国劳神，遂成痰疾，御医亦具病源由此，遂亲往伐竹烧沥，令某等持来。"公感恩无地，屡曰："虽万死难报圣恩耳!"

兴安、舒良二人即辞于公，回朝来复命。早遇数人在朝门外诽谤于公曰。"今日朝廷特赐于尚书珍馐、御馔、竹沥，好似唐太宗剪须赐茂公徐世绩之故事也。只恐日后辜恩。"兴安闻言，厉声叱曰："是何言哉！徐世绩乃反复小人，于节庵忠贞廉士。二主皆为国家而特加异典钦赐，若论人品，徐世绩安能比于尚书乎!"众人闻此，诽谤犹不止，安曰："汝众人只说不要钱财，不贪官爵，不问家计，不顾私怨，日夜与国家公忧出力谋画者，此人何处得来?若果有之，汝众人何不保举一人来，与国家出些力，替换于尚书，也是你们为臣子之事。且吾与于尚书不十分契厚，亦不过为国家惜此人耳。汝众人不要把私心起谤，公论自然难掩。"众人闻兴公之言，皆赧然无以为答而散。且谈于公服竹沥之药，果然痊好，即日入朝谢恩。见上叩首奏曰："臣有何能，感蒙陛下圣恩，垂念腐朽，遣使慰谕，遣医疗治臣疾。复蒙陛下躬亲伐竹烧沥，赍来和药。又蒙圣恩撤赐御前珍馔，天恩浩大。区区犬马，万死难报。”景帝谕曰：“朕为国家，故惜卿尔。”复以嘉言慰谕。于公乃叩谢而出。自此以后，于公所食之物，皆是御院尚食监赍来。虽酱醋小菜果品，一应杂色之物，皆是御监中出来供给。真古今罕有之事，亦帝之异典，公之隆遇也。

于公一日在部理事，早有人报道：“近日总兵石亨招养亡命无赖之徒童先为幕宾，屡卜休咎。宠庐旺等冒功，克减粮饷。又石彪乃今之骁将，一门同握京军。特来禀爷，恐非安国家之计。”于公闻言，深为有理，乃令范广、陈逵访之。广等访得果有其事。于公深虑石亨贪婪，部下又多奸险之徒。虽一时不敢妄为，奈左右之人乎。乃思久之，遂奏遣石彪为大同游击。亦是公两全之意。亨反切齿恨之，心中忿怒曰：“吾因向有一面之交，待他极厚。他反屡屡抑我兵权，劾吾将校。今又离间我叔侄，吾必欲思计以陷之，方雪吾胸中之忿！”

时景帝得疾，于公正朝服趋朝，欲面奏数事。忽有中贵出，宣言曰：“圣体不安，不能临朝。今日众官暂退，有事在后日奏。”于公闻之，心中甚忧，群臣亦皆不乐。公与众臣俱叩拜于午门外，问安毕，各散。明日于公又整朝服于午门外问安。至后日，是景泰八年正月元旦。于公与众臣俱候景泰坐朝受朝贺，又病不能设朝。适御医董宿出，众问之。宿曰：“今日御体略安。据吾诊脉，圣体难痊。”于公闻言，心下惶惶。众人俱散。忽至后日传旨出，皇帝病痊，欲出行郊礼。公与众闻之大喜，各个候驾出。少刻，内臣又传出曰：“万岁爷因见疾稍愈，强欲行郊礼，不期反劳，适间呕血甚多，不能成礼。”众闻言惧惊愕。于公心中忧戚尤甚。景泰因这番复病，遂居外殿，惟太医董宿与宦官三十余人伏侍。日则进药，夜则卫榻。至初七日，于公忧极，恳请见帝问安。景泰遂召公于榻前，公俯伏问安。上曰：“朕自登极以来，谨守祖宗之法。前者该郊祀日期，朕因蒙天地祖宗默佑，身体少安，欲亲行祀典，不觉反劳呕血矣。”于公俯奏曰：“陛下圣寿无疆，还宜保重。且陛下敬天法祖心诚，天必佑之，勿烦圣虑也。”景帝即令董宿诊脉。宿曰：“圣体安矣。”上曰：“若如此，后日朕当受朝。”公叩辞出，心中甚忧。且皇储未定，万一不虞，事情重大。后日候帝坐朝，率群僚上疏，请复沂王为太子。

至初十日，于公专候坐朝，又不闻钟鼓之声。于公忧惧殊甚。众官知景泰病重，亦忧皇储未定。于公与众皆欲请沂王复为东宫，惟内阁王文之意不然。众官曰：“今日吾等会议，定期后日早封进。”忽有旨出：“有大事在十二日早会议来说。”众官闻言，即欲散回。惟吏部侍郎李贤对学士萧镃曰：“今日且未可散，乘众在此议定，必以复太上皇太子，是正理也。”只见王文对众官曰：“今日只请立东宫，安知朝廷之意在谁？”众官见王文之言，始知王文有异谋。众官遂散。

至十二日早，王文、于谦、陈循、商辂、萧镃等并众官，会集于左掖门下，同写草稿奏疏。起句云：“乞早建元良，以安人心事。”当有萧维贞举笔对众曰：“吾更一字何如？”众曰：“更一何字？”维贞曰：“更建字为择字何如？”众皆从之。惟李贤曰：“择之一字，似非复立之意。”于公即曰：“若上后日坐朝，即当奏上。如不坐朝，当奏请沂王监国。其意有在矣，看上意何如？”果乃复散。

至十四日五更时分，于公在朝房歇，专听钟之声，其时又不闻钟声响，心中忧甚。公乃走出朝房，会集大臣，议请沂王监国，众官甚喜。时宗伯姚夔见王文未到，即邀公与数大臣到其家。众遂写稿毕。众曰：“此事是吾等所为之事，内中若有一人先泄其议者，系贪功喜事之人。”期在十六早进其稿，遂留于姚夔家。

众与公遂辞姚公将出。忽有边报，报公曰：“小人们探知，边敌由李家庄将侵京都。”于公闻报，遂辞众先回部调度，急发牌令人戒饬，各边将谨守关隘，无得懈惰。于公心忧上疾愈甚，边报又至。乃复差孙继宗、卫颖、陈逵等，领人马往李家庄、马驹桥、易州等处添兵固守，差范广备御京城。仍差人发牌，着石亨、张軏、张輗等众用心提督，固守京城九门。

石亨见牌心喜，曰："于尚书中吾计也。"谁知石亨见皇储未定，意欲复立上皇，贪功报怨，灭深谋险至矣。后上皇复位之日，何尝有北敌犯边之事。当日亨见牌到，即命童先先卜景泰病体。先曰："不起矣。"亨曰："汝可再卜一卦，成得大功否？"先曰："前已对主公预言，不过数月，应有一门封爵，某亦叨庇。正此时也。且皇帝在南宫，何必他求。"亨闻此言大悦，乃即遣杜清星飞来问万祺。未知若何。

## 第三十回

# 启南宫英宗复位
# 掩北斗学士登台

且说万祺见清到，问其来意。清乃密达其事，万祺即低语杜清曰：“皇帝居南宫，今星临度，宜当复位，何必他求。可急回与石公说，事不可缓也。”清闻言忙回复石亨，亨知与童先暗合。乃即与掌兵官张輗、张軏、曹钦等商议。曹钦曰：“吾咋日遇见徐天全（有贞号）说：‘公等知之否？吾闻得王文、王诚已遣人赍金牌敕符，去取襄王世子矣。’吾闻此言，正欲见石公议此。若他们事成，则吾等束手看他们享富贵也。”亨曰：“吾正为此事而来。”遂道迎复太上之意。钦曰：“正合吾意，事不宜迟。”钦即令人暗暗到南宫通知其叔曹吉祥去了。又令人邀侄婿吴瑾同来商议。少刻瑾到，众言其事。瑾曰：“此天下之大事，社稷之功，必须得老成人素有才望者计议方好。”众曰：“老成者，惟许彬、杨善耳。”亨曰：“事不宜迟，吾等明日即往见许公去。”言毕各散。

十六日早，于公并众官正欲清稿，忽旨出，待十八日视朝。公与众惶惶而退。惟公部事完，即处朝房专候内有消息。是日京师乱传王文、王诚赍金牌敕符，取襄王世子去。

石亨遂同张軏、曹钦等，拉杨善一齐来见许彬，俱道复立上皇之意。彬曰：“此盛德事，社稷功也。虽然，奈吾老矣，行步不前，不能宣力。吾闻徐天全经济才也，此人多谋，诸君即往谋之。”众人问曰：“徐君莫非向者治水之人。”许彬曰：“是也。”石亨曰：“此人果有才能。”

遂辞许彬，一齐来到徐有贞家。各道迎复上皇之意。有贞曰：“吾有心久矣，但不得其助耳。诸君曾闻王文、王诚取襄王世子之谣?”众曰：“闻此言，所以见许太常计议。许公言公特来相见。”有贞即问曰：“南宫可有人达知否？得有人内应，方能成事。”众曰：“已有曹吉祥、蒋冕等在内。前日已暗遣人达知矣。”有贞曰：“如此甚好。吾又闻得昨日有边报到，北兵又来寇犯。宜乘此机会调兵，以备非常为名，吾等行事，则莫得而测。”众人闻有贞之言，首肯者数次，齐曰：“此果有计谋者，许太常之荐不差。”

有贞请众人坐定：“待吾细观天象，然后行事。”有贞自得了异书，天文地理原无不晓。于宅中后园起一高台，常去观天象。当晚有贞上台踏罡作法，观看星象一回，即下台出来。众人忙问曰：“天象何如?”有贞曰：“在今夕可为。”有贞遂命家人割鸡和血，同歃之，与众即便起行，仍与家人诀曰：“我此行，事成，社稷之福；不成，家族之祸。吾归则人，不归则鬼也。”

嘱毕，乃急急与石亨、张軏等暗收各门锁钥，开门纳千余兵守护而行，是夜漏下三鼓矣。有贞复令还锁诸门，取钥投水窦中。亨、軏问曰：“此何为者?”贞答曰：“苔不镐锁，万一内外夹攻，则事去矣。”忽然天色晦瞑，众人惶惑，忙问有贞曰：“此象若何?”贞曰：“时至矣。”口中念念有词，人不得而知。遂急趋至南城。城门铁锢牢密，扣之不应。有贞即令人取巨木悬架，令数人举起击之。俄闻城中隐然开门声。有贞复令勇士逾墉进去，与外合兵，遂毁坏一处城垣而进。复见内中隐隐有灯火来，众人望见，大喜曰：“灯来，必有人到也。”

言未毕，只见有数十内监出来问曰：“事体若何?”石亨、有贞齐应曰：“特来迎请上皇复位。”内监曹吉祥、蒋冕等，忙引进内。不多时，上皇出问曰：“汝等是何官？”众皆俯伏答曰：“臣等谨请陛下光复宝位。”太上犹迟疑。有贞等极陈天命有归，民心愿戴，且时不可失。太上曰：“卿等是谁？”有贞一一宣其姓名。太上又问曰：“于谦、王文得知否？”众曰：“不知。”有贞急呼兵士举辇，共扶太上登辇。

有贞在前引导。忽然天色明朗，星月交辉。有贞忙催众呼噪，直入奉天殿。有贞遂扶太上升御座。太上顾有贞曰：“此事是卿为耶，朕失遇卿矣。”须臾鸣钟击鼓，俱传报上皇复位。群臣皆拜贺。

其夜于公尚宿朝房，公子于冕四鼓时见有兵行动，不知何为。少刻，忽闻得城南内呼噪甚急。于冕慌来报知于公曰：“南城呼噪甚急，想太上欲行复位也。”于公叱之曰：“小子无知，此乃国家大事。若果上病危，群臣不立沂王，当请上皇复位。自有天命，汝可自去。”须臾闻得钟鸣鼓响，公神色不乱，徐徐整朝服趋朝。将入朝时，范广闻变，率兵至阙下。于公见广，忙呵止之，即入朝就班。将行礼，忽殿上传旨下：“拿王文、于谦等”。未知若何。

## 第三十一回

# 逢相意诳上奏疏
# 吐丹忠亲写供状

上皇复位，群臣黎庶，无不欢喜。此时景泰病危，耳中闻得钟鼓响，乃问内使曰：“今日钟鼓响，敢是于谦设朝?”内使答曰：“闻得众官请太上皇帝复位。”景泰闻言，乃曰：“哥哥做亦好，朕无忧矣。”越二日，景泰崩。

上既复位，乃问有贞曰：“朕今复位，改年号不改。”贞答曰：“周虽旧邦，其命维新。陛下初复大位，宜新天下耳目，以成中兴之治。”于是改景泰八年为天顺元年。复命有贞草诏，以诰天下。即命有贞以本官兼翰林院大学士、入内阁，典机务。

是日于公入朝，欲就班行礼。忽有旨下，拿于谦、王文、范广并太监王诚、舒良、张永、王勤等下狱，因有贞诳言共谋迎立外藩之故。又有旨逮内阁陈遁、商辂、萧镃，尚书俞士悦、江渊、项文曜、古镛、丁澄、沈敬俱下狱，以其知王文之谋，故纵之也。即日出章纶于狱，升为礼部侍郎。升许彬为吏部左侍郎，薛瑄为右侍郎。又论迎复功，维封石亨为忠国公，食禄一千五百石。张軏为太平侯，食禄一千三百石。为文安侯，食禄一千二百石。封杨善为兴济伯，食禄一千石。吴瑾加侯爵，增禄三百石。封徐有贞为武功伯，食禄一千二百石，世指挥使，入阁办事，并封其三代如爵，又赐章服玉带，复谕前随驾功。升袁彬、哈铭并为锦衣指挥佥事。高盘为锦衣同知。把台蒋信已故，赠忠勇伯，徐有贞遂矫旨令法司将王文、于谦、范广等严加拷掠。必令招迎立外藩之事。王文不胜愤辩。于公曰：“不必究问，但取纸笔来，待吾写出迎立供词，省劳法司勘问。”法司即讨公纸笔。公提笔即写供词云：

供状人于谦，年六十一岁，系浙江钱塘县民籍。于永乐十八年中乡科，十九年登进士。二十一年奉命差往广东平祭瑶僮，犒劳官军，清查功绩。一军称廉明，瑶民怀德绥服。回京遂陈瑶疏，蒙恩复差巡按江西。有枉民滞狱，一鞫而知，全省皆称明察。因见宁府强横，劾其不法者二人。又见长芦一带马夫，快船夹带私盐万万，某亦不避权贵，各置之于法。至今河道肃清，民无阻扰。还京复命。宣德元年，扈驾往征汉王，收伏汉庶人。庶人当殿不服，反出不逊之语。某历数其罪，词严义正，汉庶人无敢再言。

二年，山西、河南灾荒，蒙圣恩亲擢巡抚侍郎，敕往二省。某遍历诸处，问民疾苦，出示劝谕。良民尚义，捐贷资粟。仍捐已俸粜谷，以赈饥民，以备荒岁，全活亿万。每至汴城，见黄河水势汹涌，民遭漂溺。趁民间农暇之时，令其预为椿柳，以被卷扫之害。又旷廓乏人家之处，捐俸令人种树、浚井、建亭，使行者无枯渴之苦，往来有少憩之处。久虑别省流民，居住无栖，乃编成伍甲，给与空闲田地，造房屋耕住，俱为良民。出役数十年间，昼夜区画，兴利除害。二省人民，建某生祠于白茅桥畔。正统十一年还朝，因触怒权臣，降某二级，仍差巡抚二省。

十四年，今皇上亲率六军，蒙尘北地。初十日，京师大震。某望北号哭，急启太皇太后，乞命郕王监国。是日，群臣见马顺呵散仪仗，因忠愤激发，共击死马顺，廷中大乱，无复朝纲。郕王见骇，欲回宫者数次。某忙奔前掖，留王住定，一一处分，慰肃百寮，奏灭奸羽，群臣帖然就列。一日之间，区画百端，飞符整饬，袍袖尽裂，几舄尽穿。翌日蒙太皇太后进爵尚书，某固辞不受。其时民心慌扰，讹言万端，奸盗四出，百姓逃移，京都空虚。某乃个人巡视，多方晓谕，军民稍安。某集众启请太皇太后，社稷为重，乞立太子，以临臣民；乞命郕王，以辅邦家。

二十一日，太皇太后命郕王为帝。保宗社如泰山之安，使国家成中兴之业。整顿未完，敌兵突至，某亲督将士，誓以忠义，遂挫敌于德胜门遁回。某虑敌必掠通州，以资人马。某急往通州散粮各足，继焚其余，使彼进无所掠，退无所资，知吾有备，不敢侵据。至十月初三日，敌因喜宁唆拨，复大举入寇，九边震动，万姓惶惶，有倡南迁之议者。某恸哭谏阻，力陈京师根本之地，今不守此则大事去矣。景帝顿悟，宗社奠安，军民无迁徙之苦。即日命将出师，整兵拒敌。饬郭登谨守大同；激杨洪父子尽力报效；励石亨叔侄奋勇破贼；令孙镗、万广守卫京畿；督张轨、卫颖鼎峙互援。诸将奏功。复保孙安、朱谦修饬独石诸城堡。仍用计使杨俊、高盘密擒喜宁，豫埋铳炮击敌。敌惧请和，景泰皇帝犹豫未定。某忙上前陈奏，备述兄弟至亲，君臣大义，礼宜答使迎复。景帝顿悟，遣使臣迎今皇上归国。兄弟行揖逊之礼，君臣贺再会之仪。置立十二团营，掌督精兵一百八十余万。授计于董兴、马轼等，剿除广寇黄萧养；指画于陈瑄等，收伏闽寇邓茂七；荐陶得成诛降浙寇叶宗留。又安插永乐年间降人于东南，潜消彼敌觊觎之心。复保陈豫、王通筑城于天寿山，使军兵无迁徙之患，商贾得安集之防。七年之内，日则不暇饮食，夜则独宿朝房。蒙问所供是实。

众官见于公亲书供状，件件大功，事事伟绩，无不叹息，遂缓拷掠。公写供词，高诵毕，只俛首不语。惟王文心中忿忿，大声呼叫。不知何言。

## 第三十二回

# 西市上屈杀忠臣
# 承天门忠魂觌诉

当时王文见于公写出招词，读出功绩，并不分辩迎立外藩之事。王公大忿，厉声呼曰："天乎！冤哉！冤哉！今日勘问某等迎立外藩，有何指实？有何凭据？有何人见证？差何人去迎的？"有附会亨、贞之官曰："汝意欲取金牌符敕，私结内宦，迎立襄藩，如何抵赖？"王文答曰："金牌符敕，见存禁中。不奏知太皇太后，谁敢窃取而行？既言迎立襄王必动惊人，查有何人到彼？今日若以'意欲'二字诬陷某等，实不甘心！"于公见王文力辩，乃曰："王千之（文之号），汝辩之何益？石亨、有贞等意已如此，如何肯放我与你？彼盖欲踵秦桧莫须有之故智也。辩亦死，不辩亦死。"当时萧维贞曰："此事出于朝廷，公等不肯承认，亦难免得。"当有张轨在座，乃闭目与萧维贞言曰："此辈自作自犯，如何说出于朝廷。"时有刑部郎中刘清闻得此言，叹曰："真冤哉！真冤哉！"轨即叱刘清曰："听汝之言，想必也是与他同谋的。"一时附会亨、贞者群诋侮之。

明日，石亨等矫上旨，催促成狱。法司无奈，只得承亨、贞风旨，乃以'意欲'二字，附会上之。亨等遂挟都御史萧维贞等构狱词；其略云：

看于谦、王文等，意欲迎立外藩，图危社稷，合依谋反者律。陈循与项文曜等，知于谦、王文等谋异不举，依知情故纵者律。

奏上，天顺帝览毕，犹豫久之。乃曰：“于谦曾有功于社稷。”众皆默然，未及对。石亨、有贞忙上前启奏曰：“臣等出万死一生，迎陛下复位。若不置于谦于死地，则今日之事为无名。”上闻此言，其意遂决。法司标榜于市。

二十二日早，狱中取出于谦、王文、范广、王诚等，于西市受刑。王文口中大叫曰：“显迹何在！以莫须有效奸贼秦桧之故套，诬陷某等于死，天乎昭鉴！”于公乃大笑，口中但曰：“主上蒙尘，廷中大乱，呼吸之间，为变不测。若无于谦，不知社稷何如。当时吾统一百八十万精兵，俱在吾掌握之中，此时不谋危社稷，如今一老羸秀才，尚肯谋危社稷乎！王千之、范都督等，吾与汝不必再言，日后自有公论也。”于公复大笑，口吟辞世诗一律，令人代录，其诗云：

村庄居士老多磨，成就人间好事多。

天顺已颁新岁月，人臣应谢旧山河。

心同吕望扶周室，功迈张良散楚歌。

顾我今朝归去也，白云堆里笑呵呵。

呜呼！枉哉！屈乎！于公吟完，令人录毕，即正色就刑。都人见之，闻之，老幼无不垂泪。有举家号哭者，有合门私祭者，有暗地披麻服者。边关军士闻知，莫不涕泣。

当时范广同赴法曹，乃挺身直至西市。口中大叫曰：“当初陷驾者谁（指石亨坐视）！吾提兵救驾者，今反杀之。天理何在！”叫未绝，只见一妇人披麻带绖而来，乃一妓者，平日侍从范都督数年。范广见侍妓号哭重服而来，忙问曰：“汝来何为？”妓者曰：“特来伏侍公死。”复号哭，大声呼曰：“天乎！天乎！忠良辈死也！”观者莫不惊哀。范广即刻被刑。其妓恸哭伏地，口吮其颈血。俟收殓时，以铁线缝接其头，顾谓范公家人曰：“好好抬主翁去葬。”言毕，妓者从腰边掣出短刀，大声曰：“主君死冤，贱妾死烈。”即自刎于尸旁。众人与法曹官等，尽皆惊讶，深叹妓之忠烈。是日天昏地暗，日月无光。阴风凛凛，黄沙四起，实有屈杀忠良之气。

不过数日，王镇正出朝门，忽然风沙泼面，天色昏暗，大叫一声，口吐鲜血。从人见了心慌，急扶至东安门来，人事不省，惟手乱指而已。时人咸谓忠魂促迫耳。朝廷发陈循、商辂、项文曜等于外戍，后成化帝登极，尽复其职。王文亦谥毅愍。诸公冤事始白。

且说当日于公被刑，暴尸市上。因公子于冕发戍辽东，尸骸未殓。忽一人边外冠服，忱公之尸，大哭不止。复奠以壶浆，曰：“某虽国外人，颇怀忠义。今公死冤，公子谪戍。呜呼哀哉！”众百姓见之，一齐团看，乃是太监曹吉祥麾下一个属官，名朵耳者。众百姓见朵耳尚且如此，况我等皆是于少保爷存留性命的，反不如一朵耳耶？于是众人一齐壶浆设奠，将锦衣覆盖其尸，号哭之声，巷陌皆震。徐有贞闻之，心中畏动。石亨差人禁止不住。曹吉祥痛杖朵耳，不许再去哭。明日朵耳仍来哭奠，吉祥亦不能禁。当时于公尸骸，乃都督陈逵赂守者收公尸骸，葬于城西浅土，又嘱咐居民看守。居民思公功德者，每每暗奠壶浆。哭者甚众。

公子于冕前一日已发辽东卫为军，不知父第二日被刑，与解人行至山海关，是夜梦父于公语曰：“吾前日已被石亨、徐有贞诬害而死。吾魄虽丧，而魂不灭。当日诉于天，蒙上帝怜吾忠义勤劳，着吾为京都城隍。吾今欲朝皇帝诉吾之冤，但借汝目光三日，现形朝见皇帝后，还汝目光。”言毕欲去，公子冕梦中见说，扯住父衣，大哭不止。觉来两目失明，冕恸哭不已。遂止于山海关上，忙遣义兄于康回京，探父信息。

于公既死之后，一灵不昧，忠魂耿耿。石亨、有贞等独坐时，亦常恍惚见公形影。一日，承天门大火，上亲临，命内使诸人救人。抬头便见于公隐隐闪闪在火光之中，以首连叩，若有诉冤之状者数次。此时乱嚷嚷之间，上耳中闻得诉曰：“臣之孤忠，上帝已哀怜赐爵，今特诉之陛下。”上闻言惟曰："是也。"于公又数叩首，不见，火亦随灭。上是日心知其枉，乃即召徐有贞至便殿，谕以承天门之事。有贞答曰："此陛下见火恍惚，不足信也。"上闻贞言，愠色而罢。明日有旨，独宥于冕辽东之戍。赍旨者星夜驰至山海关来。是日，于冕梦见公曰："吾已泣诉于皇帝矣。今还汝目光。"冕在梦中牵父衣大哭曰："不孝子不能收葬父骸，万死难赎其罪！今欲何往?"公曰："汝不必恸哭，皇帝尽知吾冤矣。"言罢，振衣而去。于冕闪觉，睁眼看时，复明如旧。

后日将晚，忽有边将一齐来到曰："公子恭喜，朝廷因承天门火灾，旨从禁中出，独宥公子之罪。某等想尊公忠魂不昧，朝廷悔悟也。"于冕闻言，哀声少息，对诸将谢之，乃即欲与于淳促装回京，殡葬父骸。诸将忙谏阻曰："公子未可遽到京师。今皇上圣聪明鉴，虽独宥公子，奈权党众多，深虑公子陈冤，倘有削草除根之意，未可知也。况彼正是炎炎之际，何事不可为。依某等愚见，待众幸少衰，朝廷念尊公功绩，那时公子到京，上一纸陈冤叙绩之疏，庶归葬得安，忠孝两全也。"公子闻言，心觉有理，暂止于山海关上，专候于康信息。

这于康领公子之命，奔至京师。一路闻人说公之功，叹公之冤。于康含泪访问，已知主人于二十二日被刑。暗问公尸骸何处。有人说陈都督收尸权葬在城西。于康闻言，忙来见陈都督。陈逵一见于康，二人放声大哭。逵曰："自从公子发戍去第二日，不料奸党构罪；以致恩公受屈而死。我暗地赂守尸内监，潜地收殓，葬在城西浅土。待公子回时，迁恩公骸，归故乡安葬。"于康感谢而叩，又大哭一场。军从莫不涕泣，陈逵即同于康到葬处。于康即办祭物，痛哭叩祭一番。忽有军人报曰："朝廷有旨，独赦公子于冕。"于康闻报，暂停一日，即别陈都督至山海关，报曰："主爷是前月二十二日被害，蒙陈都督赂守尸之人，收得骸骨，葬城西浅土之处。"于冕闻说，哭绝于地。众人同于康、于淳齐来救醒，哀哭不止。于淳当日哭之，伤心呕血，得病而死。关上忠义之官，皆送赙祭之仪与公子设灵位之处。于冕悉谢叩却之曰：“承诸公盛情，却之固不恭，恐伤先人之清白，不孝孤铭心已耳。”

于冕一心要拜见父尸，诸将见阻不从，谢诸将曰：“不孝孤蒙恩独宥，不往收父尸骸，寸心如割，虽万死不辞!”众见冕如此，乃曰：“公子坚执要去，可扮作商人，同尊使潜往祭葬毕，可即回转。”冕谢诸将，当下扮作商人，同于康一径奔到陈都督处。相见抱头痛哭。冕深谢陈逵。逵曰：“某感先公厚恩，虽粉骨难报。何足为谢!”即同冕往葬所。恸哭祭奠毕，逵乃差人悄悄发棺。冕即着于康送柩回杭，葬于三台山之处。冕仍回山海关栖止。朝廷于三月初一日有旨：“追复故御史钟同，赠大理寺正卿。复召同二子进京。”未知召荫何职。

## 第三十三回

### 天顺帝评功悼枉
### 涂武功被勘作法

天顺思钟同之忠，复召其二子来京。荫其长子钟启入监，即升知县；次子迪升为通政司知事。又即转升章纶为左侍郎。亦荫一子章立入监，后升为鸿胪主簿。即日召还被谴陕西定羌驿驿丞廖庄至京。上亲自慰劳，即升为吏部左侍郎。复论迎复之功。又加石亨、曹钦等俸二百石，仍升徐有贞特进光禄大夫、上柱国、武功伯，兼文华殿大学士掌文渊阁事。又有旨拿前景泰升都督广西、佩征西将军印、上易储疏弑兄逆贼黄玹。旨未下，早有人传报与玹。玹自知罪大恶极，服毒而死。及旨下，玹已死。复有旨命本处抚按协同三司等官，勘验实落，开棺枭首断尸，籍没，以警示天下。广西总兵武毅等，见朝廷戮玹尸，籍没家产，皆举手吁天，曰："苍苍果有报应也！"

石亨、曹钦等以迎复之功，常直入内殿，并带从人出入，无人敢阻。一日，石亨领千户闻达、卢旺、彦敬三人侍上于文华殿侧。上问曰："此三人何人也！"亨对曰："臣之心腹人也。臣每有机密，必与之谋。如迎请陛下之事，三人亦有功焉。"上复问曰："见居何官？"亨对曰："二指挥，一千户耳。"上曰："俱升为都指挥。"亨复奏曰："蒙圣恩加一'都'字甚好，但不能朝暮同臣出入，乞再加'锦衣'二字，更感天恩。"上即允奏。

三人授职，即谢恩而出。当时有识者，论石亨力奏三人为锦衣卫官，恐有弹劾石亨辈者，即发落锦衣卫来，是生死之权在其手也。

自此以后，石亨求请升迁官职，殆无虚日。冒报功绩千余人，杨增、杨海仍复前职，杜山、郭亨皆升一级。石亨威权日甚，其侄石彪倚亨势妄为不法之事。当有大同巡抚年富见彪倚势冒功减粮，无不妄为。年富平素刚直，先年见石亨妄冒不法，即劾论之，今复劾彪。早有人报知石亨。亨大怒，即来见曹吉祥说知，吉祥即按住年富之本。亨反令石彪诬奏年富。亨又见徐有贞，浼有贞票旨拿年富到京，有贞初因石亨构党之时，彼此回护，凡事皆从之。后亨每每强勒行拿，或保升官职太甚，已就有些拒却。至于年富，又与有贞交厚，不肯从亨。石亨见有贞不从，便怒。有贞不得已勉强顺从，只得行票旨去拿年富，两下就有些参商。年富到京，有贞不发富于锦衣狱，恐亨暗伤。乃发富到刑部狱中，待上问起，有贞那时好奏明放走。上亦屡见石亨行事过妄，心中不悦。一日，因朝见太皇太后，太后问曰："皇帝复位两月矣，怎不见于谦有手札进上奏事?"当日上杀于公之时，虽有内官传言进宫，太皇太后未知真实。因上进宫来朝，特问于公时，上以实对。太皇太后闻言嗟呀半晌，乃曰："于谦有大功于我国家，为何就令致死?当时皇帝蒙尘，若无于谦，我国家未知何如?此必有奸人误皇帝耳。"太皇太后不觉泪下，左右惨然，上亦为之动容。太皇太后又曰："于谦有大罪，只宜放归田里，何忍置之死地?"嗟叹不已。上无辞而出。

自此以后，凡石亨辈有事奏启，上皆留心裁察。当时石亨诬奏年富阻挠军机，上遂留神。不问有贞，贞乃亨党。上故不问，而问李贤曰："卿知年富何如人?"李贤答曰："臣久闻此人行事公直，在边能革除宿弊。"上闻贤言，顿悟曰："此必是石彪为年富阻挠行事，今反奏耳。"贤叩曰："圣心明见。"上即亲书旨下，放年富出狱，着致仕回去。明日，石亨见上自敕回年富，因随机与曹吉祥等，固请尽罢各边诸处巡抚关提督军务等官，其意欲无拘束，恁他设施。

本年五月初九日，有御史张鹏、杨瑄等适河间府饮马还京，一路亲见石亨、曹吉祥家人倚势占夺民田，乃上章劾奏，乞加禁约。上览奏，谓有贞曰："御史敢言，实为难得。"当时有贞与石亨贪功，一时诬陷于公。后来见众纷纷怜公之死，有贞亦悔，渐渐与石亨疏了。所以上顾问有贞，有贞含糊不答而出。上见有贞不答，心中甚怒。复问李贤。贤答曰："御史敢言，实乃尽忠效职，陛下宜命户部复实来说。"于是旨下户部查勘，时御史张鹏偕十三道御史，又合章劾石亨等"固宠擅权，冒滥官爵，强预朝政，掠美市恩，易置文武大臣，以彰其威。布满心腹将吏，假施其德。出于门者显爵，逆其意者重伤。纵家人占夺民田，压有司多收亡命。中外寒心，上下慑俱。不早斥罢，将来之事，不可料也。臣等备员言职，责有所归。不敢缄默，谨具以闻"。即有小人潜以此事报亨。亨疑有贞、李贤主使，遂与曹吉祥、曹钦等泣诉于上，曰："臣等出万死一生，迎复陛下。今有贞与李贤反加排陷，唆使十三道御史，诬劾臣等，必欲置臣等于死地。且张鹏原是张永之侄，故结党诬臣，欲与张永报仇。"上见亨等恸哭不止，不得已，乃命收张鹏、杨瑄等于都察院狱中，仍命究主使之人。法司少怠不究。石亨复劾都御史耿九畴怠职，不究主使之人。于是锦衣卫承亨风旨，拷讯两御史并鹏、瑄甚急，遂词连有贞、李贤。上因怒有贞前日含糊不答之故。遂降有贞、李贤俱为参政。越二日，上有旨独转李贤为吏部左侍郎。有贞降为广东参政。石亨忧虑上有日将思贞取回，乃激曹吉祥、曹钦曰："当时我等合有贞迎复上皇，只望他为我心腹，如今反行事多拗住。吾想在内惟公等，在外惟吾。观有贞唆使御史劾奏之意，必欲尽致吾等于死。"曹吉祥曰："只索与他一毒手便好。"亨曰："他如今虽降广东参政，异日上必思他，取他回来。"吉祥曰："为之奈何？"亨曰："上尝待有贞甚厚，无事不密召有贞私语，我等皆不得闻。后来我特央心腹小内相探知几件，今何不将几件密事令人奏上，上必愈疑有贞。那时我与公等乘机讪谤，上自然震怒，害之必矣。”吉祥等笑曰：“甚善。”但议何人写本，何人呈进。石亨思量半晌，曰：“有。我闻有贞门下教授马士权性秉忠直。有贞欲害于少保，士权谏不可，有贞不听。然每事必与之商，不如今人诈作马士权写本。一面使一人类给事中李秉彝者，昏夜持本进上。那时公等在内接之，多加谮毁之语于上前，不怕有贞不认罪而成狱矣。”

计议已定，果然揑成一疏，令一貌类李秉彝者，待昏夜持上。曹吉祥特令一小太监接之。问曰：“大人何官？”其人曰：“给事中李秉彝也。”小监持进，亨又贴飞语于禁内。上览本，果然震怒，即命拿李秉彝付法司拷问。

李秉彝实不知情，抵死不肯承认。朝廷捕匿名者甚急。亨等见上怒，乃与吉祥等共谮曰：“有贞见陛下待之薄，有本不允。今又降谪广东，愈加怨望。臣等访得匿名谤本，皆是有贞心腹马士权为之，故灭其迹。不然，匿名内某事李秉彝何由而知。陛下试思之。”上问疏，亨指其某事。上心动，乃曰：“此语独朕与有贞言者。”亨即复谮曰：“朝廷禁内，谁人敢进。有此诽谤之语到此，必是前日有贞因降职，直入内廷谢罪之时，延挨在此，候上驾临谢罪，意图陛下俯留。后见不留，故将飞语贴此，并匿名同进。非有贞而谁？”

上闻言，首肯者三，深信之，急命捕有贞下狱。亨与吉祥又奏曰：“有贞宣泄内廷之语，并造言诽谤朝廷，陛下必亲鞫方见真情。若赴法司，必然回护。”上果允奏亲鞫。

未及五更，即令鸣钟击鼓。上御便殿，命官校于狱中独取有贞鞫问。锦衣卫闻达、卢旺等又是石亨心腹，特将诸般刑具排列，专候上命加刑。当夜，官校奉旨即到狱中独取有贞。有贞见未及五更，朝廷坐殿来拿，大惊曰：“吾命休矣！此必是石亨辈谤我，陷我于死地也。”口中说，心中想曰："今日命在旦夕，不行此法，如何脱得此难。"官校催促，一齐拥至午门。

有贞一头走，一头急急作法。即叫："取水来我吃，我要一大盆水吃。"官校即取一盆水来。有贞念念有词，连吃了两碗。便叫："少住一住。"官校促曰："上等久，不敢迟延。"有贞口中复念念有词，人皆不晓何意。有贞念毕，又取水含了一口，朝天一喷，又朝着随人摆列火炬处一喷。有贞又捱一回而行，行不五六十步。少刻，烈风卷地而起，实时闪电交加。有贞被官校押进到丹墀下时，只见雷电大作，雨似倾盆，冰雹如石块打下。押随官校，多被打伤。殿中烛炬，俱被狂风吹灭，殿瓦打碎甚多。上亲见天变，心中动疑徐有贞之事，遂不究问，进宫而去。

众官校见驾回宫，急带有贞出避于五凤楼下。京城平地，水高数尺，大树吹倒数十余株。曹吉祥门首多年老树，尽皆吹断。石亨等见天大变，亦各恐惧，不敢再求鞫问。其时都城人民，见西北角上隐隐然如牛如猪之物，喷噀冰雹。有贞得异书，奉斗斋，当时有识者曰："此魔霾支大法也。"朝廷见天变，乃发徐有贞于狱，戍张鹏、杨瑄于边卫。

## 第三十四回

# 有贞云阳谪戍
# 石亨谋逆亡身

上一日诘问石亨与曹吉祥、张軏等："向日于谦迎立外藩，汝等是谁知见?"众人齐对曰："臣等皆不知，是有贞对臣等说的。"上深知有贞诬害谦。每至宫中朝太皇太后时，又见太后嗟叹于谦之冤。明日旨下，发有贞谪戍云南金齿卫。云南有万里之遥，有贞闻命不敢怠缓，即出狱中，便要起程。深念马士权为有贞之事而被拷掠，身无完肤，决不招认，乃至狱中看望，以其女许婚其子。遂别土权，往金齿而去。后朝廷知士权无辜，特宥放归。

当时宗藩襄王瞻墡来朝。襄王因先年己巳之变，两次上疏慰安太皇太后，乞命太子居摄天位，急发府库帑藏，招募勇敢忠义之士，务图迎复。仍乞训谕郕王尽心辅政。疏上时，景泰已立八日矣。至是上得疏于宫中，览之感叹。即亲敕王入朝，待礼渥厚，闲叙数日。上因问王曰："当时正月间，王文、于谦等曾使人到王处，有札子知会王否?"襄王答曰："实无。"上因此益知王、于死为冤矣。天顺帝留襄王在朝盘玩月余，辞回。

是时，也先闻知中朝杀了于谦，心中大喜；对众道："南朝头目于尚书被哈刺了，俺们无虑也。"即日传箭，大举入寇，由大同等关，直犯京城。

大同关前者是定襄伯郭登把守。因己巳守城，二次不肯开关，又答言吾国自有新君之语，上复位，即革郭登之职回家，命李文、石彪把守。石彪倚石亨之势，反欺李文，又克剥军饷。自此兵心不服，不肯向前厮杀。以致也先兵马直抵京师。京城人民，向赖于公平息九年，今复见此猖獗，人皆惊慌，一齐大叫沸嚷："安得再生于少保，为国救苍生！"京城大震，喊哭声直达内廷。上正与恭顺侯吴瑾、太平侯张等在内蹴球，遥闻喧哭之声，少刻，内臣飞报进宫。上闻报，大惊，弃球于地，叹曰："于谦若在，安得至此！"吴瑾亦曰："真可惜于谦！"上顾谓吴瑾曰："朕今复位未久，岂可令吾民遭此锋镝。朕昔在边外，也先等不过欲求缎帛而已，朕岂惜此，劳伤军民！"乃即发旨，下令赍缎帛万余，御敕一封，责其背盟入寇之罪。外彩缎多端，答其往年恭敬之心。御敕发到，也先亦自知无礼，叩谢赏物，即掣兵回去。当日张軏在侧，闻得上叹息于谦者再三，心中惊惧，面皆失色。辞朝出，忽见范广于路。张軏口中连叫范兄、范兄者数声，与之拱揖。左右人役，不知何故。軏曰："都督范爷，与吾相见。汝等何不传报？"左右见说，尽皆惊讶，知其见鬼。归家无病而卒。

上一日与阁下李贤言及迎驾夺门之事。李贤对曰："迎驾则可，'夺门'二字，岂可示于日后。况景泰病危，陛下理宜光复宝位。天命人心，无有不顺，群臣谁敢不队，何必夺门为哉？且朝廷禁门，岂可言夺。'夺'之一字，尤非美名。幸而陛下洪福齐天，得成其事。假使景泰左右先知此事，石亨、有贞辈不足惜，未矧置陛下于何地？当时亦有邀臣者，臣知此事甚险，实不肯从。"上闻李贤之言，圣心顿悟。猛省前科道劾石亨疏，有"以夺门之功，滥冒官爵。且朝廷禁门，何名为夺？'夺'之一字尤非顺理，传之后世，岂不被讥"等语，此语与李贤所言相同，乃深知亨辈之故，即欲复于谦官爵。曹吉祥知之，又以巧言阻止。吉祥即私对石亨言及："上欲复于谦官爵，被我用巧言谏阻。"

石亨闻言，心中不安，急忙回家，召心腹将官，欲起歹心，石亨常往来紫荆、大同等关，谓左右曰：“若塞守斯关，京城当不战而自溃矣。”时天顺三年二月，石亨召心腹人卢旺、彦敬、杜清、童先等二十余人商议。众人齐到，亨即曰：“吾今所坐之位，皆汝等所欲坐首。”众人骤闻此言，不知亨意。皆答曰：“某等蒙主公抬举，做到都指挥之职，心足矣，又岂望公侯之位乎！”亨笑而言曰：“汝等独不闻宋太祖之事乎？宋太祖因陈桥兵变，史书上不称其谋叛。今汝等助吾行事，到得宋太祖地位，我今之职，非汝等为之而何？”众人闻言，俱皆默然股栗。时童先在旁，乃首出妖言，曰：“兄等曾闻得近日小儿谣言否？”众曰：“不知。”童先曰：“近日谣言云：‘四方叛乱俱可摇，惟有石人摇不动。’此谣言正应在我石公也。”众人曰：“如何应在主公？”先曰：“四方叛乱俱可摇，按前者景泰时两广并浙东西诸贼，皆被朝廷剿除。摇者，剿也，谓四方叛乱，俱可剿除。惟有石人不能动，此不是应在主公姓石，可成大事而不能摇也？此天意在主公，诸公可勉力图之。”众皆领诺。石亨大喜，对众人曰：“大同军马，最为勇猛，我抚之亦厚。若使石彪代李文挂镇朔将军印，北塞紫荆关，东出山东据临清州，决高邮之堤，以绝饷道，则京城可不战向自溃矣。”遂议心腹分头把守。

且说一日上临御祥凤楼，召恭顺侯吴瑾、抚宁伯朱永等入侍。时石亨新造府第，上在祥凤楼观看久之，问左右曰：“此何人住居，极其高大？”朱永谢不知。吴瑾答曰：“此必是王府也。”上笑而言曰：“非也。”瑾曰：“不是王府，谁敢如此造作。”上顾太监裴富曰：“汝闻吴卿之言乎？”裴富知是石亨之府，但唯唯不敢答应。上知是石亨之屋，恶其僭妄，故问左右，上盖深知之者。遂差石亨往延绥出征。将行之际，只见童先策杖忙进，力劝乘其前谋，曰：“乘此军威，何事不可为。”亨曰：“吾为事有何难哉？今天下都司，待吾一一代之，可一举而成。”童先又曰：“时者，难得而易失。恐时一失，不可复得。”石亨曰：“吾今出征，所向必克。既克有名，人无不畏。”遂不听童先之言。童先见亨不听，私自骂曰：“这厮不足与谋大事！不去，祸将及矣。”遂先逃出。门客谢昭闻童先之谋，忙进谏亨曰：“公当尽忠报国，不可妄意作为，自取祸害。”亨阳诺而阴实不听。谢昭对人曰：“吾宾主之道尽矣，石公祸将近也。”遂留一帖于书房，不辞而去。

亨乃令兵径到延绥征剿。亨自恃骁勇兵强，不令人会同李文等兵，先自往战。此时敌兵养精蓄锐，且亨富贵已极，久弛征战，全不为意，一战而败，折军数千，无功而回。又倚着曹吉祥在内，自入内廷面奏，反奏：“李文畏怯，不肯同时发兵对敌。臣独奋力进剿，方才退去。乞陛下究李文坐视之罪，若以石彪代李文镇守大同，则敌兵不足畏也。昔谢安举侄谢玄，遂破符坚百万之众。臣敢不避亲疏举侄，伏候圣裁。”上心知石亨无功而回，又保举石彪代李文，不准所奏。石亨见朝廷不准石彪代李文，乃浼曹吉祥矫诏以石彪代李文总督边方。上知之，遂命多官勘视石亨、李文、石彪之事。勘得事实，众官一齐交章劾奏石彪“凶暴贪狡，包藏祸心。谋镇大同，阴伤主将。倚石亨之威权，移人主之大柄。石亨掩败为功，权倾人主，易置文武，矫诏举侄，事干天宪，法所不容”等语。朝廷即差官校，逮石彪下狱。初，石彪事发，众官密议，明日当大班一齐劾奏。有与石亨交通者，泄漏其事。上知其故，召李贤问曰：“群臣党恶交通有之乎？如此，不可不戒。”贤答曰：“诚如圣谕。”上乃降旨，谕百官无故不许往近侍大臣之家及锦衣卫官处。自此之后，朝政肃然。

石亨因征敌无功，复因石彪之事，不敢入朝，告病在家。众官复交劾其恶。上震怒，令官校拿来，上命露刃押亨进见。石亨见上，叩头谢罪，上曰：“朕宥汝已多次矣，但汝所为之事甚妄。”顷之，上仍念其功，惟革去兵权，以本爵归第。其年冬十月，彗星出见，日晕数重。司天台奏曰：“恐小人阴为不轨，宜防备之。”

未几，石亨因罢了兵权，怨望不已。一日走到一僻室，忽见一婢与一仆欢笑，石亨大怒。其仆见了惊慌，奔到后园，跳墙而逃。亨拿其婢杖死，仍差人拿其仆，并拿仆之父。其仆与父，一径到朝门击鼓报首，将石亨向日与卢旺、童先等同谋之事，一一报闻。朝廷震怒，即拿石亨下狱。亨在狱中三日，忽见于公立于面前。亨大声叫曰："于尚书为何至此?"

狱官闻叫，进看无人，一狱惊骇。少刻之间，上命内相怀恩赐白罗一幅，令亨自尽。遂勒死石亨于狱中。石彪等俱弃市。百姓闻亨等之死，尽道："于公之灵，冤报如是其速也。"朝廷命斩石亨之仆，差人籍没其家产，追夺爵敕等项。籍其家资万万余，而宝货不计其数。内中检出私书，有与各镇军官及数省遣心腹交通之书，皆约次年正月十五举事。上亲阅大怒，即颁密旨，令各处抚按官拿究。仍发石亨二子石溟、石涧边外充军；其幼子在襁褓者，无知不罪。查出同谋奸党，虽有三五漏网，朝廷尽皆宽宥，惟有童先、卢旺等不赦。但童先早遁，未曾获得。令人榜示紧缉捕来。这童先因见石亨不依他言，早自逃出在外，就于途中占一课卦。未知童先自卜若何。

## 第三十五回

# 童先开瞽得漏网
# 曹钦造反乱京城

童先早自逃出，行至中途就占一卦，叹曰："石公事不谐矣！我还有脱灾之日。"乃一路卖卜而行，后闻石亨、石彪事发俱死，乃急忙潜逃故友李天章处。正行至涿州地面，忽闻一人问曰："童先，汝欲往何处去?"又曰："汝可要医好眼目么?"童先初闻叫他姓名，心中甚慌。后闻得说医好眼，心中少定。乃曰："谁不要医好眼！若医得开，真神仙也。"只见那人曰："不难，汝且站着。"即用药点之，令闭一回，又脑后针下二针。少刻，叫童先开眼。童先睁开眼来，只见日光闪闪，世界分明。早见医眼之人，立在眼前。童先忙拜谢于地。抬头起来，不见其人。童先大惊曰："这分明是神人救我。"心中思量曰："我今目明，别人都不晓是我。我今急往李兄处潜藏，方可避难。"先乃密寻到李天章家。天章一见，忙问曰："童兄之目，如何得明？必有神治。"童先即把逃出遇神开瞽之事，一一说知。天章遂留童先住下。当时朝廷命法司榜示拿童先时，榜上亦写着瞽目童先。今先眼明，人皆不疑是他。况童先又妆扮别样形景，所以人一发不认得他。挨过半年，朝廷已不甚追究。童先知事缓，乃辞别李天章，扮作商人，一径来投到曹钦家。曹钦见了大惊，忙问曰："童兄何幸眼明，得到吾家？真可异也。"童先亦将前事一一说了一遍。钦大喜曰："吾一向想兄，暗地令人密访。不期今日到来，足慰吾念。”钦遂留童先住下，因论起石亨之事。曹钦曰：“石公做事不密，反致如此。吾每思量石公与我皆是同事之人，争奈众官时常劾奏。如寇深、逯杲、孙镗等，每每举吾过失，裁抑我众。吾想，我兄弟又统军兵，皆为都督，我手下又多蓄骁勇之将。今众官不时弹劾，倘有日皇上震怒，如石公之事移于我家，则吾束手待毙。吾欲起事，烦兄卜之。”童先曰：“事不必卜，今令叔在内，兄昆仲在外，若一举事，何事不成？倘卜之不吉，反起狐疑。为今之计，兄先差一二心腹之人晓得边外之语者，潜往也先处，馈送宝货彩缎之礼，令其起兵入寇。那时兄等内中作变，则大事成矣。”曹钦闻言大喜，即请兄弟曹铉、曹镕并童先及门客冯益等，一齐都聚于密室，计议道：“掌兵官惟孙膛、孙继宗、马昂、逯杲诸人与我们有仇，余者无妨。但我等将何计先除了诸人，夺取兵权，则事无不谐。”曹铎便道：“何不我们先差伯颜、也秃等将乘机诱杀孙镗等众，就拥兵进内。叔父在内举火为应，大事成矣。”曹吉祥因问冯益道：“先生，可曾有宦官子弟登基否？”益答曰：“有，曹操是太监曹节之后。”吉祥闻之大喜。只见后边闪出曹钦之妻贺氏，指着冯益曰：“先生，汝教人为叛，罪已深矣。又将牵强混语，鼓惑吾夫。我虽妇人，颇晓书志。曹操若是曹节之子孙，如何曹操做司隶校尉时，立杖死中常侍二人？则知曹操与曹节是同时之人，非节之后明矣。纵使是节之后，学曹操之奸雄逆贼，至今令人切齿唾骂，安可效之！”曹钦见说，遂自扭其妻，闭之密室。

曹吉祥与众议定，后日晚间行事。吉祥自进内廷去。专候至后日，乃七月初三晚间，曹钦乃邀恭顺侯吴瑾到家。吴瑾是曾钦侄婿，曹铎之女夫也。曹钦每有事，常与吴瑾商议。瑾又上所喜信者，故禁门锁钥，皆是瑾掌管。当晚曹钦邀瑾回家，将心事说知，就索禁门锁匙，要瑾放千余亲兵进内。吴瑾闻言，心中大惊，忖曰：“别事可从，叛逆之事如何从得！”口中即假言曰：“此时如何放得千兵进去？况且京兵发遣征剿，只有出的，如何可放千人进内？岂不动人之疑。汝既要行事，好歹至四更开门，五鼓进内方好。”曹钦信以为实。便道：“专候汝之消息。”吴侯诈允而出。此时将及一鼓，吴侯到城点视，吩咐众军谨守城门，直到天明，方可领钥开门。若五更领钥者，明日即斩。只吩咐三门，余不能及。吴侯一路思量：“倘曹钦四更不见我的动静，他必然攻打。倘若人多，一时攻破，曹吉祥见外大起，内中放火为应，其祸不小。”一头想，正遇着都指挥完者秃亮令人巡更。吴侯忙问曰：“来者何官？”秃亮见是吴侯，忙下马问曰：“吴爷何事心忙？单骑与四人同行。”吴瑾曰：“汝在此巡更，是何官何名？”秃亮答曰：“小官是都指挥完者秃亮。”吴瑾曰：“烦汝急急飞报与大明门上守门军将人等说知，道曹钦与曹吉祥通谋作乱，只在今夜，可牢守紫金城墉，五更时未可就开门；快教传进内廷，先令人拿住曹吉祥，免得里应外合。”秃亮闻言，遂拨数人跟着吴侯，乃即先纵马加鞭，星驰到大明门上，一一细说曹钦、曹吉祥之事。穿宫内监，闻此消息，飞报到内廷去。吴瑾恐秃亮口传不到，又急行至锦衣都指挥逯杲家，令门上人快报：“请汝家主出来，有紧急事要议。”家人传报，吴侯命快取笔砚来。众人忙取纸笔。吴侯随即写奏，着人飞马赶到金墉城边，大叫：“守门官监，把这封密疏，从门隙内就递进去，不可迟滞！”此时逯杲忙披衣出来，相见曰：“吴侯何事？夜深下降。”吴瑾不及多言，只说：“曹钦、曹吉祥谋反在今夜，为之奈何？我已发报数次，想内廷必然知道。及早我与你到孙都督、马尚书处报知，调兵守护杀贼。”二人飞身上马，径到孙都督家来。此时孙镗已得完者秃亮传报，亦令人飞报金墉城中，随到马尚书家计议。早有飞旨，在门隙中发出：着孙镗、马昂用心勒兵擒贼。孙镗见旨，泣拜曰：“当以死报主恩！”遂急急调兵拒守。

且说曹钦等挨到三更时分，不见吴瑾动静。忙使人到吴瑾家来问消息。家人不知，以实对道：“自昨日早朝，未曾回来。”使人飞来回报曹钦。钦闻报大怒，知吴瑾诈允。遂发兵五千，令曹铉等直抵西长安门攻打。自领兵五千，攻打东长安门。此时吴瑾与逯杲飞马正到孙镗家来。只闻得喊声四起，吴、逯二公知是曹钦领兵来攻门，急到孙镗处。家人答曰："家主已到马爷处发兵去也。"吴侯即对逯公曰："公可先到长安门，令人紧紧看守。我今再到马总督那里，即发兵拒贼。"逯公赶到西长安门边，见曹铉正令人砍门。逯公见了，慌忙夺过从人长枪一把，大骂："逆贼！朝廷有何负你，敢如此叛逆！"即挺枪来搠曹铉，不期曹铉部下人多，一齐乱搠。可怜为国忠臣，仓促间，被众乱搠而死。众人遂砍开了门，一齐拥进。此时都御史寇深闻变，起立门首，差人探听。吴侯马过，见了寇深，曰："寇公，曹钦作反。"冠深闻言，即跨马一同吴侯到马昂处发兵。正值会昌伯孙继宗、都督孙镗俱在，一齐调兵拒敌。此时曹钦放起四五处火来，只望内廷火起相应。放火多时，不见里面火起。曹钦知事不济，忙调人马一面攻打，系尚书王翱在东朝房，拘学士李贤于左掖门，勒要二公写本奏辩，云"因逯杲、寇深二人所逼，以致激变"等情。

此时广宁伯刘安、太常卿万祺、学士万安等俱到，见曹钦逼勒大臣写本保奏。只见寇深匹马赶到，厉声大骂曰："曹贼！朝廷何等待汝，汝敢叛乱京城，拘系大臣，残害百姓！吾恨不即砍汝万段，以泄朝廷之愤！"曹钦怒杀寇深。广宁伯刘安见之，大骂曰："狂贼作死，吾欲砍汝以报寇公！"安亦遇害。恭顺侯吴瑾、都督孙镗军至。曹钦见吴瑾，骂曰："汝为何负我，走报消息？"瑾厉声答曰："汝负朝廷，我不负汝！汝不忠不孝之徒，吾为朝廷诛逆贼！"即彼此相杀。吴公力不胜，卒被杀。孙镗军交杀，自辰至午，未见胜负。

工部尚书赵荣闻曹钦作乱，荣文官，也披了一副铠甲，骑了一匹青骢马，驰到街坊。大叫曰："有好汉烈男子，通来随我杀贼，有功即赏！"大呼大叫之间，果有千余忠义好汉，挺持军器，仗勇而来。恰遇会昌伯孙继宗与曹镨大战。赵荣即领众从曹镨侧里，砍搠进去。曹镨与孙继宗战酣之际，不料赵公这伙人马仗忠义而来，势甚凶猛，被赵兵打死无数，曹镨大败而走，乃领着残败人马，寻着曹铉。铉正与兵部尚书马昂兵马大战，镨亦来混作一处厮杀。此时各将官人马俱到，俱说杀谋反之贼。其忠勇之气，无不一以当百。被勤王之兵，一齐拥杀，曹铉兵亦大败，只得弃命杀出。不知往投何处。

## 第三十六回

# 王师骈集擒奸党
# 有贞无法丧林泉

曹铉等被勤王之师，并马尚书兵杀败，只剩得百十余骑，飞奔到曹钦处。且说朝廷自从三更得完者秃亮飞报，大明门上守门人监闻此急信，一一传报金墉城上，守城人飞报进内廷。又有吴瑾密疏，俱从门隙内传至内宫。上闻急报，又见密奏，方知曹钦与曹吉祥通同谋叛，放火为应。上震怒，即命内臣金英、怀恩等拿曹吉祥等众。内臣领旨，潜地来到。果见吉祥与一伙心腹人，正在那里堆积放火之物，不料众人潜地来拿。众人见了吉祥，大喝曰："汝做得好事！"一齐拿住吉祥。吉祥还说："拿我怎的?"众人曰："汝同侄曹钦谋反，特命擒汝。"吉祥犹自抵赖。众人曰："汝还赖到哪里去，有汝亲恭顺侯吴瑾密疏。万岁爷大怒，特旨差我等来拿。"吉祥闻言即顿足曰："罢了！罢了！"众人拿了吉祥见上。上大怒，即发吉祥于御史狱，待拿了曹钦一同究罪。故此禁门不开，钦等不能进。

且说孙镗等合勤王之师，齐剿曹党逆贼。曹铉中了两箭欲走，被孙镗斩于马下。曹铎见孙镗杀死曹铉，心中慌乱，被孙继宗一刀斩于马下。曹𫓧亦被马昂兵杀死。曹钦见三弟兄俱被杀，慌领残兵奔回家中，把重门紧闭。此时王师追杀，围住曹钦之屋大叫："献出曹钦，免汝阖门诛戮！若少迟片刻攻进，汝等皆为齑粉！"曹钦知不可活，忙奔到后园井中欲投下，忽见一红袍伸一手提起，丢于井畔。此时，众军齐进园中，见井畔曹钦，一齐拿住。家小亦尽拿下。

众人捉曹钦械到朝来。上闻知，亲御午门，百官朝拜毕，下曹吉祥于御史狱中赐死，籍没曹钦等家产，诛钦于市。朝廷籍钦等家资，以赏将士。钦之余党，并流岭南。旌死节之臣，追封吴瑾为梁国公，谥忠壮，子孙世袭恭顺侯。赠寇深为少保，谥忠愍，荫一子锦衣百户。逯杲赠都督，亦谥忠愍。论功加孙继宗太保。孙镗进封怀宁侯，子孙世袭侯爵。刘安子孙世袭广宁伯。马昂、赵荣、王翺、李贤并加太子少保。进升完者秃亮为都督。赵荣召集忠义，为首得功者三十四人，俱称为试百户。万祺升为工部侍郎。朵耳加授一级。曹钦有妻父贺三老者，平日见钦势焰，常规谏钦。钦不听，遂绝不往来。今钦叛逆，凡一应姻党宗族附势者，俱加贬窜，唯贺老朝廷灼知免罪，朝廷检录曹钦私书，见冯益有颂曹氏功德之书，遂拿冯益发锦衣卫究问。

曹钦之妻贺氏，向被钦幽于密室，今亦拿禁狱中。锦衣卫究问贺氏："汝夫与谁同谋?"贺氏心中忖度："我夫不良，何忍害人?"乃答曰："实无。"又问曰："朝廷之臣，谁为汝夫心腹?"亦答曰："俱无。"及带冯益当面，贺氏亦不肯害他。不料冯益佯为不知，反以言诋诟贺氏。贺氏忿怒曰："冯益休得混诟，向日吾夫与汝密室问事时，汝言曹操、曹节之事。妾闻汝之言甚妄，因谏吾夫，被夫闭之别室。吾夫听汝之言，遂致身亡家丧。今反诟妾而又抵赖乎!"益无言分辩，亦死于市。朝廷察知贺氏谏夫被幽，遂赦其罪。贺氏对法官曰："妾蒙恩宥，理难不死。先前不能辅夫为善，今又不能阻夫为恶。家亡名丧，何颜立世!"言毕，即引裙刀自刎而死。众问官见之，无不嗟叹。朝廷以烈妇礼葬之。

且说徐有贞初被贬云南金齿卫时，行了半载，到得云南地面。在路中对解官曰："不出一年，京师有一场大乱。曹吉祥等不能逃其祸。"后来果然。

有贞行到云南，至金齿只得七十里路了，天色已晚，遂同解官忙趋。回顾无处居住，急急赶行。远远见一大寺，有贞等忙投寺来。早有五七个僧人，捧着酒果来迎，道：“不知大人远临，有失远接，恕罪！”有贞见了，惊讶道：“吾等并无人来通报，为何众僧如此接待？”乃复谓众僧曰：“我是朝廷罪人，何劳汝众相迎？”众僧曰：“大人虽今日之罪人，实昔日之贵人也。”有贞曰：“众位上人，吾素不曾与尔等相识，况万里之途，何由悉知？酒肴远接，必有缘故。”众僧曰：“且请大人到方丈少坐告禀。”有贞遂同众一齐进寺，直至方丈坐下。众僧曰：“我这里名佛慧石羊寺，寺历年久。寺中石羊，颇有奇异。但有贵官到此，此羊即鸣。昨夜闻羊鸣，故知。所以聊备酒肴奉迎。”众僧人又问曰：“敢问大人官居何职？因何事到此？”徐有贞未及答，两解官曰：“这位就是当朝阁老，武功伯徐爷。因与同僚不睦，被他谗言诳奏。朝廷一时听信，因此贬谪。不日即取转京，依然宰辅他。”众憎惊曰：“果然是位大贵人！所以数日前，有一位留须僧人到此说道：‘不数日间，有一位徐阁老到此寺中，我要见他说话。’”徐公见说心疑，遂留宿寺中一宵。

明早起来梳洗、早膳毕，忽见一幅巾禅衣之人，从寺前直进殿来，大笑曰：“徐公，四十年余不相见也。记得当初临别之际，曾说有金齿之会？今日果然矣。”徐公一见，认得是先年虎口书馆相叙的道人乌全真，忙下阶拜揖曰：“久别尊颜，何缘又得相逢也。”乌全真曰：“向年蒙公款留，义气深重，故赠公秘书，救公二大难矣。是书不可久留于世，宜付还我。”徐公答曰：“实不曾带来。”全真曰：“吾岂不知，别物不带，此书曾有验，公必带行，为防身之宝。公何诳我？他人可诬，我不可诳也。”

徐公被全真说着心事，心中惊畏，乃邀全真进内，沽酒市脯同饮。酒至数杯，全真取出一丸金丹，对有贞曰：“此丹服之，可长生不老。”有贞数知乌道之术，以为服此可以延年，必中大喜，即服之。少刻座谈间，乌道问起：“法必纯熟，试诵演以验之，何如?”有贞口诵默演，尽皆差失。徐有贞心慌，复恳为何如此。全真曰：“公拿书再看，仍旧精熟。”有贞原诳说不曾带得，如今又不好说带来，迟疑半晌。全真即起身到有贞行李囊中，只一捏，此书早拿到手，对有贞曰：“吾报公之恩，救公之难，可为周且至矣。吾法已收，汝法已塞，不可久留。”言毕，即拂衣而去。有贞惊讶曰：“向日熟练法术，顿然忘却，而全真又忽然去了。”心中郁郁不乐，来到金齿卫中，另筑一室独处。

居不一年，朝廷复赦有贞归。有贞回家，从峡山经过，心急马快，跌伤其足，到家遂杜门不出。养病几时，忽一日，门上人进报：“有泰州马相公来拜老爷。”有贞只得出来相见。马士权曰：“闻公回府，特来候谒。”有贞乃置酒款待。酒至半酣，士权微露向日有狱中许成姻亲之语。有贞见说，即有难色，反以他言支吾，恰有悔婚之意。士权揣知其情，乃即辞回。又以言动之曰：“今日公回府，优游林泉。有日朝廷思公，复居台辅。若某向年被刑拷之时，稍有一言涉公，事不可测也。”有贞唯致谢而已，并不言起许婚之事。士权笑曰：“寒士谅不敢当相侯之女。”遂不多言而别。徐有贞见士权已去，仍戒门下之人，若马相公再来，可托以他故，不必通报。士权亦不复至。

有贞居家，玩游山水，闲处年余。忽一日，在书房中检书，偶然检出向年王镇劾于谦疏稿，心中悚然，是夜梦中见于公立于面前。有贞大叫一声，夫人惊醒，问是何为。有贞言及梦中之事。夫人曰：“此乃公心上萦萦所致，无虑也。”过三日，有贞得疾，不五日而殂，年六十六岁。且不谈徐有贞病死。且说于少保公子于冕见诸权奸相继而死，遂从龙门关回，奋然曰：“今权党悉亡，吾父之冤得白也。”乃即上疏陈其事功。未知若何。

## 第三十七回

# 孝子初上陈功疏
# 忠臣加祭赠褒封

英宗灼见于公之冤，久欲复公官爵，群奸谏阻。公子冕发辽卫军。天顺初，承天门火，于公现形。朝廷以故降旨，独宥于冕。冕虽蒙宥，犹防奸妒，寓居关中。军民将士，皆怜于公之冤，齐粮执帛，供奉公子。公子素承父志，一毫不受，惟与义兄于康周全度日。至是成化践祚，公子俯首流涕曰："圣明在上，陈情有日。"即回京叩阙上疏，其略云：

臣于冕蒙恩复命，冒死陈情。臣父于谦，当日尺寸微劳，今值圣明在上，若不冒死悉陈，不惟他日难见亡父于地下，臣之不孝，凡为天下人子者，皆得以罪之矣。

正统之四年，也先败盟，以致先皇帝大驾北巡。京城内外，乏人战守，廷中喧乱。是时景王疑惧，事变万端。臣父受任于危急之秋，治兵于溃散之余，疲神焦思，竭志殚力，无所不至。先行差官招募军士，并义勇民壮，及倩民夫，替出沿河遭运官军，随京操备。即荐文武大臣杨洪、柳浦等为总兵官，轩等为巡抚，请敕前去各处镇抚地方，辑和人民，以防奸侮。各边修守城池，整束人马，以为应援。

其年十月，也先肆逆，逼回京师。中外震惊号哭，军民举家奔窜。侍讲徐理，建议南迁。人心汹汹，朝不谋夕。臣父厉声大恸曰："京师根本重地，且祖宗陵庙，百官军兵，帑库仓场，百官万姓辎重俱在此，车驾若一动，则大势去矣。前宋靖康之事，足为明鉴。今日死则俱死于此，决不可一步离此。”臣父乃身先士卒，督众军出德胜门外，对敌竖营。其时敌锋正锐，而我军又皆新集。石亨爱惜身命，只欲尽闭九门，不肯出战。臣父以死自誓，日夜在营，亲冒矢石，泣谕三军，以为朝廷之恩当报，忠义之名难得，若事机一失，则祸患立至，生不如死。由是人人思奋，勇气百倍，卒至挫敌。复又以假送大驾为名，屡侵边境。臣父预设方略破敌，京师无事，大难悉宁。此臣父保全京师，再安我宗社之微劳也。

自后敌国知中原兵备势强，革心向化，遣使请和，实欲亲送大驾还京。当时朝廷疑虑日前谲诈，召百官会议，皆狐疑不决。臣父毅然独陈君臣大义不可违，兄弟至情不可失，敌情悔过如此，实乃天心有在，当早迎回大驾，不可缓也。时景帝闻言，中心开悟，差官奉迎大驾还京。六军万姓，欢呼踊跃。畿甸已安，神人宁慰。此臣父定议奉迎还大驾之微劳也。

臣父于此数事，虽皆仗庇祖宗灵成，实出万死一生。当时舆论，咸谓朝廷论功行赏，宜与勋封。岂谓赏未酬劳，祸机遂及。奸臣石亨等谗构罔极，古今罕比。从来人臣之死于忠者，未有如臣父之惨烈也。臣之痛愤刺心，何时而已。

且臣父之在兵部，值天下多事之秋，十年劳积，辛苦万端，众所共知，不能备述。臣今复举一二言之。自土木兵溃，敌遂抄掠内地，出入无时。臣父因见永乐年间以来投降者，俱在北直隶、山东一带地方屯住，各边告警，此辈有乘机煽动之势，变在不测。臣父先以南征为由，选其精锐者，拨发前去湖广、广东等处军前听调，随后具奏，就彼安插，以绝积久难除腹心之大患。怀郭钦防微之先见，销刘聪念乱于未然，此臣父先事见几，为国除患之微劳也。

自也先围犯京师之后，复肆猖獗，始追石亨于雁门关，遂围代州。次逼朱谦于瓦子口，尾至宣府。烽火连接，人心惊惶，众谓急发京兵赴援。臣父料敌必难持久，一面奏上方略，亲到边廷，谕来谦、杨洪等务须持重，与郭登等计谋毙敌，遣将遥援。敌知朝有谋臣，心中畏惧不敢轻肆。此臣父伐谋制胜，全师保境之微劳也。当时独石、马营等处边城八座，敌势猖獗之时，守将怯懦不支，尽弃其地。臣父以为独石一带城池，俱系藩篱重地，今弃彼处，不但宣府难守，京师亦不免动摇。力荐都督孙安老练可任，授以方略，发兵度龙门关，且战且守。由是各城复守，边境固完。此臣父为国定谋，守在四方之微劳也。

其时浙江、福建、湖广、四川、贵州、两广等处，盗贼蜂起，僭称伪号，毒害生灵，攻围州县，告急于朝，殆无虚日。本部军机烦剧，干系甚大。臣父不遑寝食，昼夜运谋。令将出师，指授方略：拣选五军神机三千等营精锐，奏立十二团操之法，亲自训练，以励将士，令出征剿，不三四年，各处僭窃，以次殄灭。此臣父内修武备，外慑强寇，经营四方之微劳也。

天寿山原无城池，各卫官军四散居住。敌兵猖獗之时，丧失颇多。臣父奏用成山伯王通，往昌平县创立城池，徙军民于城中，使得以固保我陵寝。及山东临清地方，事关僭运大计，至重非轻，又系京师咽喉要地。也先密遣细作向导，欲从紫荆关入寇临清，以扼要害。臣父力荐平江侯陈豫可任，令其往彼相度事机，筑立城池，置设军卫，守护运河。数月之间，人心帖然。此臣父守护山陵，保障要地之微劳也。

臣思兵部尚书王骥征麓川有功，不过能除边方之一患耳，得封世袭靖远伯爵，子孙世享荣禄。正统十四年，臣父匡济多难，再安奠王室，比之王骥功差大耳。昔岳飞尽忠于宋，誓图恢复，为秦桧所害，至今春秋庙祀，以显其忠。然当时中原卒不可复，銮舆卒不能返，宋室偏安于南渡。正统十四年，臣父力阻南迁，誓以死守。乃用计退敌，保安我宗社，复迎英宗皇帝大驾回京，仿之岳飞死忠虽同，臣父之功则过之。伏望我圣明，轸念臣父谦功在社稷，被诬冤死，乞照宋岳飞，今王骥，赐以赠谥，则忠无不报。一以彰朝廷之恤典，一以鼓天下之人心。臣父子存没，同沾再造之恩于无穷矣！谨昧死上陈，冒干渎天听，不胜感激，惶惧俟命之至！

于冕具疏奏上，成化帝览疏，叹曰："于谦之功与冤，先帝素知之，屡欲封锡，为有贞等所蔽。朕今即位，何忍置之？"遂召回前阁下商辂、陈循等，并侍郎王伟、项文曜，少卿古镛等，复其爵，皆当时被石亨指为奸党者。又复王文、于谦、范广等官爵。即遣行人马璇赐于谦祭物、祭文。其谕祭云：

维成化岁次丙戌二月十有一日，皇帝遣行人司行人马璇，谕祭故少保兼兵部尚书于谦曰：卿以俊伟之器，经济之才，历事我先朝，茂着劳绩。当国家之多难，保社稷以无虞。惟公道而自持，为权奸之所害。在昔先帝已知其枉，而朕心实怜其忠，故复卿子官，遣人谕祭。呜呼！哀其死而表其生，一顺乎天理；厄于前而伸于后，允惬乎人心。用昭百世之名，式慰九泉之意。灵爽如存，尚其鉴之。

行人祭奠毕。公子于冕感泣谢恩，复厚待行人马璇。璇辞别，复命讫。

成化皇帝追念于公功大冤深，乃擢升于冕为应天府府尹。于冕谢恩，感泣无地。复思："吾父虽蒙圣恩复前官爵，赐谕祭，但赠谥庙享，未蒙恩典，仍非吾为子事亲之道也。"即复具疏奏闻奏上，成化帝驾崩，此时弘治皇帝登极。帝览奏毕，顾近臣曰："昔于谦有大功于我国家，宜即传旨，着该部详议来说。"弘治二年十一月十三日，本部尚书耿裕等，于奉天门题奏。次日圣旨下：赐与赠谥祠额，春秋二祭，谥曰"肃愍"，额曰"旌功"。特赐诰谕，其词云：

奉天承运皇帝制曰：朕惟功大者褒典宜隆，行伟者扬名必远。惟显忠于既往，斯励节于方来。古今攸同，岂容缓也。故少保兼兵部尚书于谦，气禀刚明，才优经济，兼资文武，茂着声猷。当我皇祖北狩之时，正国步艰危之日，乃能殚竭心膂，保障家邦，选将练兵，摧锋破敌。中外赖以宁谧，人心为之晏然，回鸾有期，论功应赏。不幸为权奸所构，乃陨其身，舆议咸冤。恤恩已锡，兹复赠特进光禄大夫、上柱国、太傅，谥肃愍，命有司立祠致祭，用昭旌崇之典。于戏！执羁靮，守社稷，劳盖均焉；表忠宜，愧回邪，理则明矣。诞敷嘉命，永贲幽扃。灵爽如存，尚其歆服。

府尹于冕见朝廷赠谥赠额，建祠加祭，感泣无埃。乃复乞守先公之墓，辞职再三。朝廷见于冕屡次哀祈，乞守庐墓，遂从所请。于冕蒙恩俯允，即谢恩辞朝，回守庐墓，星夜带领家眷，回到杭州。时府县奉旨营建祠宇于墓前，名曰“旌功祠”。

## 第三十八回

# 张庠生修神公像
# 姚盐台建忠节坊

府尹于冕在家，一日，见数人直至厅中。于冕忙出厅来看，乃是一友，仁和庠生张杰，字万英者，令人赍香纸牲仪，来祭奠于肃愍公神前。冕即出见礼，曰："何劳张兄光临设奠?"杰答曰："待某奠毕，自当诉禀。"张杰遂令人设牲燃烛，焚香叩奠毕。仍又细观公之神像，嗟呀半晌。乃对府尹公曰："某昨夜梦谒先公神祠，见先公正襟危坐。顾某曰：'吾在京都任守，万姓感吾功德，香火甚盛，无暇一临坟墓之祠。今夜方临，适值汝来，特与汝言。吾蒙三朝圣恩，南北祠宇俱成。近坟祠连因久雨，吾之塑像，自左肩以下，丹垩之饰，微有脱落，而人未之见也。子盍为我修之。'某即于梦中领诺。既而某复叩问先公曰：'神公适才所言任守京都，某闻北京城隍，乃宋文丞相耳。'先公见说，笑顾某曰：'子不知吾，吾即文丞相再世也。今南畿并大同、河南，上帝亦命吾兼任。其士籍吾亦司之。吾今虽没四十年，其忠魂无日不在天壤间。'复曰：'子知水乎？吾灵若水也。'言毕而起。某惊觉来，想神公丰度如生。惊异其事，谨具香纸牲仪，特来拜奠，适才观公之像，果见左肩颜色剥落。"于冕亦上细观，果然。冕泣拜于地曰："大人灵爽在天不泯，此不肖孤之罪也!"张杰叹曰："神公英灵，语予如水。正苏长公所谓如水在地中，无往而不在也，顾某何人，而得神公之嘱，有是梦耶!”次日，张杰即命塑像工匠，修整鲜俨而去。

一日，浙江盐台姚舒因历吴山，见行人伍公，即春秋时伍子胥也。复过褚堂见仆射褚公，即唐时褚遂良也。来至栖霞岭见武穆王岳公，即宋岳飞也。

特谒三台山瞻于肃愍公祠。慨然有感，遂赍香历拜四祠。每到一祠，即徘徊久之。心中念曰：“观四王公之忠节，皆祠于杭。欲共建一坊，一可以共播休烈，一可以励后观瞻。”遂言于镇巡诸公，诸公闻言大悦，各捐俸资，不两月而坊成，名曰“忠节坊”。立碑于其下，其碑文云：

忠节，天下之大贤，崇报，天下之公论。大贤不立，则人道有所亏；公论不明，则人心无所功。此忠节坊所以创建于今日也。夫岂徒然哉！盖杭为古今人物名区，鸿儒硕辅，后先挺出。其孤忠大节，尤炳耀人耳目者有四。若吴行人伍公，在吴山之首。唐仆射褚公，在褚堂之中。宋岳武穆王，在栖霞岭之西。我朝于肃愍公，在三台山之南。守臣岁修祀事孔虔，弗敢懈缓。乙卯，监察御史姚舒，奉上命督鹾于浙。凡民所不便，与所便者，悉裁革振举之无遗议，未几，商贾大通，国计斯集，频海千余里，欢声洋洋。于政暇即阅史传，因忆四公风彩，乃修瓣香，历展拜祠下。徘徊瞻顾，咨嗟移时。其中感怀，殆有所不能忍者。既而曰：“以四公生平忠义慷慨，越人今祀于兹土。虽少足以致崇德报功之念，顾祠宇异处，地址遐僻，使人见闻不及，不足以广其景仰之意，亦缺典也。盍树一坊，以共播休烈于无穷哉。”时镇巡诸公，闻而从之。又速商劝贷，咸踊跃应命，卜地于吴山之东衢，示以规画，令有才干者董其事，坊成，乃大书忠节于石额，分注四分官称于左右，揭建坊之年、月、日。遂谐镇、巡、藩、臬暨群属官僚往视之，咸叹以为一时盛事。夫伍公佐吴，既成阖庐之霸业矣，及勾践败衄，有天以越赐吴之谏，而属镂之惨，卒堕宰嚭之奸谋。诸公辅唐，尝恢太宗之帝业矣，及武氏僭立，有叩头还笏之谏，竟遭许、李谗口而死。

武穆王当建绍之间，削平群盗，进兵朱仙，人皆望其可以计日恢复矣，夫何贼桧主和，矫诏班师，乃冤死于大理。于肃愍公生当正、景之际，调兵守护，不惑南迁，人皆知其社稷之奇功也，夫何权奸忌嫉，适寡肆谗，遂授命于都下。嗟乎！此岂独四公之不幸哉！天下之事，固或有成败、诎伸不论，而人心之是非予夺，自有定论存焉。盖成败、诎伸者，一时之遭也；人心是非予夺者，万世之公也。以四公忠节凛凛，虽尝屈仰宜丧，而竟得显白，且萃聚昭揭于今之雄藩通衢之上，使大节以伸，大誉以着，大义已明，异代齐芳，辉映云漠。凡杭人暨南北往返道经于下者，顾瞻而嘉叹之，以兴起其高山仰止之心，则事虽诎于当时，而深护夫万世之人心，岂不足以委灵于九泉之下哉！故谨叙忠节之记云。

姚盐台建坊之后，果然往来士庶，莫不敬仰其表忠之诚意焉。

时于府尹公闻得姚盐台建坊，乃亲往观之，叹曰：“吾父与三忠异代并列，可为无愧矣。”乃往谢姚公。姚公曰：“予素仰数公功烈忠节，不意承命鹾政到此，谓忠烈异代同心，因共建一坊，使万世瞻仰，何烦京兆公致谢。且令先公功烈，迥过于三公矣。”冕叹曰：“当时廷论，亦谓我先君之冤死与武穆虽同，而功业则大过之，诚古今不易之论也。冕复何言！蒙列圣之大恩，悯先君之遗烈，今复承宪台建此忠节大坊，使先君配休伍、褚、岳三公，先君死无恨矣！”言毕，府尹公即辞姚院而回。

## 第三十九回

# 卢进士陈侑享表
# 傅巡抚上改谥疏

府尹公于冕辞别姚院而回，乃令人刻父功绩并自陈奏疏及行状、诸公碑志铭等诗文，三朝谕祭敕文赠文录成，尊朝廷赐名旌功，遂名《旌功录》，以纪父不朽之功烈。府尹公寿至九十而终，亦可谓能成父志之孝子欤。至十余年后，有新进士姓卢名玑者，慕于肃愍之忠烈及先朝开国元勋刘伯温二公。卢玑做秀才时，每闻二公勋绩，不得侑享于庙廷，亦昭代之缺典也。今幸得中科甲，乃即上疏奏上。其略云：

臣玑闻："罪疑惟轻，功疑惟重"，大禹之谟也。善善长而恶恶短，春秋之法也。夫法与谟，皆圣人经世之典，治天下宜取则焉。臣切闻先臣开国元臣诚意伯刘基，有赞造工业之大勋。故太祖念之，而享于功臣之庙，今少保兵部尚书于谦，有扶持国难之伟绩，故中外百姓。赖其有保障之功。奈后来刘基之神像见黜，于谦之身家不保。臣虽未知其得罪之故，切念朝廷忠厚仁恕。怒不忘德，怨不废礼；功疑惟重，善善也长。则二臣之功德，有国家者终不可弃也。向蒙先皇帝之仁刘基，既命有司新其祠，犹以功臣之田赐其家，近荷我皇上之仁于谦，既以御制之文赐其祭，复以府尹之职官其子。此固足见圣朝仁厚光明，而善法大禹之谟、春秋之法也。但德之深者，其报当重；功之大者，其赏宜隆。二臣既有国家之大功，自应享国家之大报。与之爵位未足，赐之赠谥未足，铭之鼎彝及子孙俱未足，惟立庙绘像，春秋享祀，堂堂庙貌，耸人瞻仰，森然祠祭，深人钦羡，庶几尽一代报功之典，激善之道也。昔者太祖高皇帝，既于鸡鸣山立功臣之庙，复以诸功臣咸配食大庙之享。后礼部侍郎宋礼言，欲请罢去太庙配享，而太宗文皇帝曰："此系先帝所定，不可罢。"夫功臣之专祭，与夫太庙之配享，均为我太祖所定。其太庙之配享，既不可罢，则本朝之专祭，不可罢明矣。臣愚伏愿我皇上，体念我太祖与太宗忠厚盛心，命合朝大臣斟酌周全。乞再立刘基神像，复入功臣之庙，又乞新立于谦神像，附次于诸臣之下，使侑享齐灵，合食无缺。则足见朝廷仁厚光明，于有德者虽远必追，有功者虽废必报。不惟伸诸既往，亦将有功将来。谅亦皇恩所不靳也。奏上。

朝廷准奏。二臣皆得侑享于庙。传至百余年，浙江巡抚傅孟春承敕来抚两浙。不数月，于肃愍公曾孙于昆，具呈于傅抚台案下，为乞修颓祠，以光旌功事，傅巡抚见呈，心中惕然曰："于太傅公，实我朝人杰。今祠宇颓坏，皆吾等与有司之过也。"即日赍香纸牲仪往祭。随令工匠修整祠宇，重饬庙貌。傅公叹曰："于太傅当正统初年，剔历中外，茂著声猷。及己巳之变，摅中殚画，内固京师，外筹边镇，条画立奏，动中机宜，社稷倚之，边隅畏之。忠肝义胆，赫赫在人耳目，若谥之'肃愍'，'肃'之一字，诚不称其实，故泰和尹学士曾云："'肃'之一字，未足以尽公之良惠忠贞。此盖当时拟谥者，弗克奉扬圣天子劝忠之德，以称夫公世者之心。今予蒙恩抚浙，于太傅之谥，若论谥法，以之谥'忠'，似为允当。"即差哀晓赍疏奏闻。其略云：

臣傅孟春奉命抚浙，观风问俗，饬兵恤民，日以惠绥疲困、辑宁地方为务，间尝考求故实。尚论国朝名臣，产自钱塘者，于谦其最着焉。十月初一日，谦曾孙于昆具呈，乞修颓祠。臣随批布政司查议，即命工修葺。

臣因思：谥以报功，有其举之，固不敢废。而谥以易名，惟其似之，始可无议。按谦当正统初，剔历中外、茂著声猷，及己巳之变，摅中殚画，内固京师，外筹边镇，防卫陵寝。扼控漕渠，条画立奏，动中机宜。社稷倚之为长城，边隅畏之如虎豹。忠肝义胆，赫赫在人耳目，不幸被谗受戮，思功悼枉，四海一词。迨成化二年，遣官致祭曰："昔先帝已知其枉，朕心实怜其忠。"弘治初年忖赠太傅。谥肃愍，建旌功祠，令有司春秋致祭。是于谦之忠，已蒙累朝优恤，得谥"肃愍"，可谓荣矣。但臣谨按谥法曰："肃者，刚德克就也，执心决断也，正已慑下也。"今谦在国逢难"愍"则诚然，而名之曰"肃"，或未协欤？以臣之愚，而拟议以求其当，必也其"忠"乎！盖"忠"之义曰："盛衰纯固也，危身奉上也，推能尽忠也，廉方公正也，临患不忘国也。"即谦生平履历，方其揽辔之初，中正嫉邪，廉公有威；身死之日，家无长物，惟是上赐盔甲袍带在焉，不曰"廉方公正"乎！内修外攘，始终一节，不曰"盛衰纯固"乎！居常拊膺叹曰："此一腔血，竟洒何地？"而不知有其身，不曰"危身奉上，临患不忘国"乎！出谋殚虑。惟计安社稷，信哉其"推能尽忠"矣！以彼其行，而谥之以"忠"，似为允当。臣又查得先年吏部尚书石瑶，礼部尚书张治，初谥"文隐"，后因言官奏易，在瑶则改谥"文介"，在治则改谥"文毅"，今谥之当易，与二臣同，至其人品勋业，则大过之。伏乞即敕下该部，再加查议。如果臣言不谬，将于谦照例改谥"忠愍"，庶名称其实，足以慰九原之忠魂，而彰往劝来，有以定万世之公典矣。为此具疏，专差承差袁晓赍捧请候旨。

奉圣旨：礼部知道。礼部钦此钦遵。

臣等看得巡抚都御史傅孟春，题请原任兵部尚书赠太傅于谦原谥"肃愍"，欲议改"忠愍"一节。臣等窃惟谥以易名，国家大典，一字之拟议，天下万世之公论系焉。故考据生前，褒崇身后，必其名与其人无毫发不相肖，而后足以彰往劝来，传之不朽。或有一时拟议，偶未妥确，即令再为改定，用以昭大公而协舆望，亦何嫌于纷更。太傅于谦当己巳之年，六飞厪北狩之忧，群小倡南迁之议，物情时事，盖岌岌矣。谦以一身任安危利害之冲，卒能使其九鼎如山，万姓安枕，厥功甚巨。且其精诚之志，贯金石而泣鬼神，忠贞之节，通天地而光日月。虽为国蒙难，九有为之称冤，而赐谥建祠，在两朝已有定论。今都御史傅孟春抚浙之初，展修祠事。偶有感于“肃愍”一谥，谓“肃”犹未报其生平，辄有此奏。据其考究谥法，委属有见。但谥典原出自上裁，即欲易“肃”为“忠”，臣等何敢轻议？顾以臣等之愚，反复参详，岂惟“肃”之一字，未足概于谦之大节，即“愍”之一言，亦若有未妥者。夫在国逢难，固曰可矜；然谦之死也，在昔英庙旋鉴其枉，即在累朝深怜其忠。若犹以逢难之义律之，非所以彰先朝之令名，而全君臣之大义也。查得国朝以“忠愍”谥者二人，如学士刘球，员外郎杨继盛，以批鳞之直，偶蹈殒身之愚。至如谦者，鞠躬报国，既有忠贞不二之节。而保大定倾，又有旗常不世之勋，比之二臣，更有不同。先民有言：“死天下之事易，成天下之事难。”切谓于谦之谥，第当表其所以成，不必悼其所以死可也。既经该抚臣具题前来，相应酌议，恭候命下，行翰林院将“肃愍”二字，并为更议上请。伏候圣明裁定敕下臣等，仍行翰林院撰祭文，浙江布政司转为支给官银，买办祭物、香烛纸帛，就遣都御史傅孟春致祭，告以易谥之意。庶先臣之精忠大节，藉以重光，且以劝后世之为人臣者，垂之信史，亦永有法矣。谨候旨。

## 第四十回

### 列圣隆恩加谥荫
### 诸贤屡疏表旌功

当日礼臣等因傅孟春奏改“肃愍”为“忠”之谥。乃复疏请上旨定议。后圣旨下，更谥“忠肃”。先傅巡抚奏章未下部时，有礼部侍郎田以俊，梦于公嘱曰：“翌日有事相烦。”言毕而觉。田公愕想其事，早出见堂官于慎行，亦言得此一梦。语未毕，旨下，着礼部详议来说。二公相顾惊叹曰：“于太傅功业盖世，忠诚炳日。‘肃’之一字，原未足以概其生平。亦可见于公忠灵不泯，而又托梦于吾辈也。”乃即复疏，更定今谥。旨下，二公即发文赍到浙江。傅巡抚亲到于公祠致祭，其谕文云：

万历十八年八月十有六日，皇帝遣都御史傅孟春，谕祭太傅、兵部尚书于谦谥“忠肃”，曰：惟卿钟灵间气，着望先朝。属多难以驰驱，矢孤忠于板荡。社稷是守，力推城下之要盟；樽俎不惊，坐镇道旁之流议。返皇舆于万里，维国祚以再安。赤手扶天，不及介推之禄；丹心炳日，宁甘武穆之冤。此恤典所以频加，而公论犹有未惬。爰颁谕祭，再易嘉名，贲华衮于重原，表风清于百世。卿灵不昧，尚克祗承。

傅巡抚承命，自往临奠祭毕。杭民士庶，皆诵圣天子追忠特谥，忠肃公百世流芳也。逾一年，有都御史太常卿钟化民，亦浙江人也，又力陈忠肃公勋烈忠节，朝廷复加恩典。后二年，又有兵科给事朱凤翔，因慨当今二臣之功，食报甚薄，朝廷之缺典，坐有一友问曰：“二臣何人?”翔答曰：“一是于忠肃公谦，次乃胡默林公宗宪。”其友亦赞曰：“二公之功诚然。”给事曰：“吾观于忠肃之功，功在社稷，子孙爵之侯伯，亦不为过。胡默林功在东南，子孙亦宜优恤。”明日，朱公即上章奏闻。其略云：

兵科给事中臣朱凤翔诚惶诚恐顿首恳乞圣主酬勤报功，以隆盛典，以快公论事。臣切惟天下不患无英雄豪杰，而患无以鼓舞之；人君不患无爵禄名誉，而患无以善用之，我国家功令，凡首功一级以上，增秩有差，赐金有差；间有平一贼、复一城者，即赏以延世，爵以通候，所待劳臣亦不薄矣。至若矢心报主，保大定倾，功成再造者，上之不得颁茅上之封，下之不得补黑衣之数，此其为人心之抑郁，亦盛朝之阙遗，非浅鲜也。臣素慨于中，义不容隐。举忠勋最著者二臣，为皇上陈之，伏惟圣主垂听焉。

正统己巳之变，先英庙北狩，此乾坤何等时也？先臣太傅于谦，以兵部侍郎出而定大册，使国家之金瓯无缺，其功不超越千古耶？他如平巨盗，收贼渠，是其细故勿论。时当紫荆失守，徐理倡议南迁，二三大臣，亦且依违其间矣。向微于谦力为主持，则事机一失，万事瓦解，其祸有不可胜言者。独不观宋南渡以后，日侵月削，虽有张、韩、刘、岳之雄才伟略，棋布星列，不能复中原尺寸之故物者，何也？根本之地摇也。是于谦正色立朝，力持可守不可迁，贤于宋臣远甚。今睹钟虡之如故，朝庙之常新，暨陵寝之奠如泰山，臣民之安于磐石，而于谦之功何可泯也。

嘉靖时，奸民外比，倭寇内讧，东南盖岌岌也，先臣少保胡宗宪，以监察御史而定乱，使数省生灵，获免涂炭，其功亦岂寻常耶。他如平袁三，擒张琏，戢建寇，皆其余事勿论。时当五峰桀骜诸岛，各拥数万，分道抄掠。督抚总兵，俱以偾事论罪，朝廷悬万金伯爵之赏，向微宗宪悉力荡平。则堤防不固，势且滔天，其究莫知所底止者。独不见宋人西夏失守，如折右臂，纵以韩、范之威名，先后经略，卒不能制。元昊之稽首者何也？狐免之窟成也。是宗宪之用奇设间，似不在韩、范之下。今黄童野叟，谓国家财赋仰给东南；而东南之安堵无恙，七省之转输不绝，与九重之南顾无虞者，宗宪之功不可诬也。

于谦受命于辇毂震惊之际，定计于谋夫孔多之时，忠则纯挚，识则远大，力则宏巨，守则镇定，至其囊无他物，口不言功，虽大圣贤处此，又何以加也！胡宗宪虽视于谦远逊，然以驾御风电之才，吞吐沧溟之气，揽英雄，广间谍，训技击，习水战，凡诸备御，罔不周至，故能平数十年盘结之倭，拯六七省焚掠之难，此其功岂易易者！若乃高倨谩骂，挥掷千金，以啰一世之后杰；折节贵人，调和中外，以期灭此而朝禽；此正良卫茹荼，心知其苦，口不能言者，而竟因此诖吏议吁，亦可悲矣！盖尝合二臣而评骘之：于谦之功，动在社稷；宗宪之功，功在东南，于谦之品，白玉无纤瑕，于本朝为人品第一，于古真可称社稷臣；宗宪之品，瑕瑜不掩，然比之猩琐龌龊，以金缯为上策，一切苟且侥幸者，相去径庭。临事而思御侮之臣，安得起若人于九原而底柱之也！

臣浙人也，父老之所传闻，耳目之所睹记，最为亲切，然非臣一人之私言也。我皇上试讯大小臣工，有不以二臣之忠切，当录其后者乎？然在于谦。于纯皇帝敕曰："昔先帝已知其枉，朕心实怜其忠。"于敬皇帝特赠太傅谥"肃愍"。迨我皇上允抚臣奏，改谥"忠肃"，并下部议准谕祭。是于谦之精忠列圣知之，皇上亦知之矣。在宗宪，于肃皇帝曰："朕若罪宗宪。后日谁肯为国家任事？"于庄皇帝复其原官赐祭。今皇上又全与祭葬。是宗宪之勤劳，我皇祖知之，暨皇考知之，今皇上亦知之矣，今于谦不绝之线，仅授外卫千户。坟墓芜秽，过其墓者，辄吁唏不能禁。宗宪遭酷吏残虐之后，庐舍丘墟，子孙孱弱。吴越士民谈及于此，每扼腕而不平。此宁止结任事者之气，亦岂所以彰列圣与，我皇上无外之仁耶？伏望敕下该部，从公确议，务协舆情，务合国典。此亦激劝人心之一机也。谨奏以闻。

旋奉圣旨：兵部知道。乒部随复本，陈言：

于谦之功，功在社稷，为我朝第一元勋。惜其为奸党诬构而死。在列圣俱加赠谥祠祭恩典，而皇上亦改谥“忠肃”矣。胡宗宪之功，功在东南，亦为海隅一勤事之臣。惜其遭酷吏残害，亦蒙我皇祖皇考复爵，及皇上加祭葬矣。今朱凤翔所奏二臣功绩是实。其优叙功勋子孙，皆出自圣典，请旨定夺。时朝廷即降旨授于谦后裔为锦衣卫都指挥，令其世袭。胡宗宪后裔授锦衣卫指挥同知，亦世袭。

呜呼！于忠肃公功大冤深，褒崇赠锡，未足尽其烈。而灵爽昭于天地，千万世不泯。是真千古一人也。呜呼伟哉！